La Mèche
160, rue Saint-Viateur Est, bureau 404
Montréal (Québec) H2T 1A8
www.editionslameche.com

COMME DES SENTINELLES

JEAN-PHILIPPE MARTEL

COMME DES SENTINELLES

— *roman* —

LA MÈCHE

La Mèche remercie le Conseil des arts du Canada
et la Société de développement des entreprises culturelles du Québec
(SODEC) pour leur soutien financier.

La Mèche reconnaît l'aide financière du gouvernement du Canada
par l'entremise du Fonds du livre du Canada pour ses activités d'édition.

Gouvernement du Québec – Programme de crédit d'impôt
pour l'édition de livres – Gestion SODEC

La Mèche est une division des éditions de la courte échelle
animée par Geneviève Thibault.

Catalogage avant publication de Bibliothèque et Archives nationales du Québec et Bibliothèque et Archives Canada
Martel, Jean-Philippe
Comme des sentinelles
I. Titre.
PS8626.A767C65 2012 C843'.6 C2012-941327-5
PS9626.A767C65 2012

ISBN 978-2-89707-011-3

En mémoire de mon père,
tombé au combat (1941 – 1998)

1

AU RÉVEIL

J'ai ouvert les yeux en espérant me réveiller ailleurs, entouré de personnes saines et agréables, mais je me suis seulement senti étourdi. Le plafond pendait mollement au-dessus de ma tête, les murs dansaient, j'étais couché dans un océan de sueur, et la houle insistait pour me recracher sur le plancher, cette terre inhospitalière où j'avais mes habitudes. J'aurais voulu me découvrir une envie pour ce qui commence, du goût pour les choses simples et les gestes concrets. Faire du café, lire le journal. Parler à des gens. Prendre ma voiture et me rendre quelque part, remplir des fonctions en échange de billets de papier. Fantasmer sur des glandes mammaires. Chercher des issues entre les phrases dites et les morceaux de cette existence en dents de scie : penser que ces choses ont un sens ; croire que moi, en train de les effectuer, j'en ai un aussi. Faire des journées avec ça.

J'ai voulu me concentrer sur de belles choses. Restituer quelques-uns de mes souvenirs d'enfance, quelques-unes des images de ma vie avec Evelyn. Mais je n'y arrivais pas. Le soleil balayait la pièce de ses rayons indifférents, et des écureuils se décomposaient au fond de ma gorge. J'ai regardé mon réveil et tenté de mesurer depuis combien de temps je dormais ; puis combien de temps encore je devrais endurer ça. Je ne pouvais m'empêcher de tout confondre, les mots et les gens, leurs histoires et la mienne et, surtout, je me demandais ce qui avait bien pu se produire pour que je me retrouve étendu dans ces draps maculés, seul, un si bel après-midi d'août, alors que j'aurais pu me prélasser sur une terrasse, revenir de voyage, faire l'amour, renifler de la cocaïne ou écrire un roman.

2

LES NARCOMANES ANONYMES

Il y avait là des tas de ratés qui parlaient de leur vie et de la douleur qu'ils avaient causée autour d'eux, et je regrettais déjà les bonnes intentions qui m'avaient poussé jusqu'en ces lieux. Il me semblait que j'étais la seule personne à peu près normale parmi ce ramassis de repris de justice et de fêlés de l'enfance, et c'est en gros ce que j'ai dit quand ç'a été mon tour de me plaindre, sauf que je suis resté poli.

– Je m'appelle Vincent Sylvestre, j'ai dit. Je vais avoir trente et un ans dans quelques mois et je bois à tous les jours, de midi jusqu'à ce que je tombe endormi. Et quand je bois, j'ai le goût de me battre et de jouir. Ou qu'on me batte et qu'on me fasse jouir – oui, que je me dépense un peu. Mais ça n'arrive jamais. Je finis toujours par rester là, inentamé, amer comme un capitaine sans troupe ni conflit, désarmé, en dessous de tout.

Silence.

— Non, pas en dessous de tout. Seulement inentamé, vacant. Comme en congé d'une chose que je ne connais pas.

Silence.

— Ou bien non. Je ne sais pas.

Alors, les autres fêlés ont applaudi ma franchise. Certains y sont allés d'encouragements supplémentaires en m'appelant par mon prénom — c'était à pleurer. Puis, l'animateur a pris la parole et m'a félicité devant tout le monde : le seul fait qu'un matin j'aie voulu m'informer des « ressources à ma disposition », que j'aie pris mon téléphone et composé le numéro des N.A., et que je sois là, ce soir, parmi tous ces repentis de l'intempérance et des abus en tous genres, était un signe fort de ma volonté, de mon engagement. Quelles que fussent mes motivations, j'étais sur le bon chemin. En tout cas, il lui semblait que j'étais sur le bon chemin, que j'arriverais un jour à mettre de l'ordre dans ma vie. Avec l'aide d'en haut, je passerais au travers, peut-être même que je « naîtrais à nouveau »...

Il y avait moins de trois jours que j'étais sobre, et la seule chose dont je pouvais jurer, c'était que ma nouvelle vie serait longue, vraiment très, très longue... J'écoutais les autres parler de leurs petites misères et je ne me sentais aucune empathie pour eux, aucune compassion, rien. Un temps, je me suis demandé si ce n'était pas un défaut d'humanité de ma part. Mais non. Ce n'était pas ma faute si tous ces gens avaient laissé la drogue détruire leur vie — ou, plutôt : ce n'était pas ma faute s'ils avaient choisi la drogue et pas autre chose pour le faire. Plus j'y pensais et plus je trouvais ça pratique, comme excuse : c'est la drogue qui a éloigné ma femme et mes enfants, Votre Honneur ; c'est à cause de la drogue si je n'ai jamais pu mettre d'argent de côté, arriver à l'heure à mes rendez-vous, me présenter en forme au travail... Je leur en voulais de se dédouaner aussi facilement de ce qu'ils considéraient comme des échecs, et je leur en voulais encore plus d'accepter tout ça sans broncher, je veux dire ce nouvel ordre des choses qui leur était proposé et selon lequel il suffisait de se réunir une fois par semaine pour parler de ses problèmes et, pour le reste, de s'en remettre à une espèce de « puissance supérieure » pour mener une existence normale, c'est-à-dire acceptable pour les femmes et les enfants.

3

THE OLD MAN

Après la réunion, je suis sorti aussi vite que j'ai pu, mais j'ai été ralenti par un homme qui m'attendait à la porte. Je l'avais déjà remarqué pendant la rencontre, assis près de l'entrée sur sa petite chaise d'écolier, mal à l'aise comme un narcomane en rémission. Dehors, il s'est avancé vers moi et m'a immédiatement tendu une main énorme et rugueuse, capable d'étrangler un ours ou de construire des maisons sans marteau ni tournevis. Puis, il a enchaîné, en parlant très vite et avec un fort accent anglais: «Je sais pas quel âge tu te sens en dedans, mais en dehors t'as l'air plus jeune. La plupart du monde icitte, c'est le contraire: leur vie les a tellement maganés, ils ont l'air plus vieux.»

Après un bref silence (qui m'appartenait), il m'a demandé si je fumais. «*Cigarettes, I mean.* Faut absolument je fume tout suite, sinon je vais pogner les *shakes.*»

Cet homme s'appelait Robert Thompson. J'ai su plus tard qu'il était né à Beebe, dans une maison dont la chambre principale se trouvait au Canada et la salle de bain aux États-Unis ; il cassait son français sans bon sens. Il faut dire qu'il l'avait appris un peu n'importe comment : chez la grand-mère à Danville, dans une *shop* à Lennox, dans une autre à Windsor, puis dans une autre encore à Kingsey, sans compter les deux ou trois stages à Talbot et les vacances à Bordeaux...

Robert était exactement le genre d'homme que j'avais toujours imaginé aux N.A. Assez petit, mais plus costaud que moi, il portait des Levi's 531 comme les gars en avaient quand j'allais au secondaire et une chemise de la même couleur que ses jeans. Il roulait ses manches de telle manière que ses avant-bras en sortaient, comme les troncs tordus et noueux de vieux arbres hors de terre. Ses chaussures de course avaient probablement déjà été blanches et matelassées d'air ou de gomme high-tech, mais elles ne ressemblaient plus à rien. Comme je ne tarderais pas à le découvrir, Robert avait aussi des tas de manies, des tonnes de tics extrêmement dérangeants qui constituaient comme l'a b c de sa personnalité. Par exemple, il ne regardait jamais les gens en face. Il attendait que leurs yeux partent à la recherche d'un mot, d'un souvenir ou d'une précision quelconque et profitait de ces moments pour les dévisager sans retenue ni vergogne, comme s'il ne devait plus jamais les revoir et qu'il lui fallait absolument tout enregistrer d'eux avant qu'ils disparaissent (ou que lui disparaisse). Je ne sais pas s'il s'imaginait victime d'une filature ou bien lui-même investi d'une mission de surveillance, mais je me souviendrai longtemps du regard qu'il avait pendant que j'essayais de me défaire de lui, devant le local des N.A. On aurait dit qu'il n'y avait rien de plus important, rien de plus urgent que de faire ma connaissance, là, tout de suite. Il devait bien se rendre compte que j'avais surtout envie de mettre fin à cette situation, que je faisais même tout ce que je pouvais pour qu'il me laisse en paix ; mais il restait là et me faisait endurer ces longs silences et la masse de malaise qui venait avec.

Devant mes réponses évasives, mon ennui évident, il a fini par se présenter, en regardant le sol : « Je m'appelle Robert Thompson, qu'il a dit. Mais tu peux m'appeler Bob, si tu veux – tout le monde m'appelle Bob. Sauf moé, je préfère Rob ou Robbie... Rob... *That's how my old man used to call me, back in the days...* »

4

PRÉSENTATION DU PLAN DE COURS

Depuis que je fréquentais les N.A., je n'avais revu ni Evelyn ni aucune des personnes que j'avais l'habitude de côtoyer dans ma «vie d'avant». Je menais une existence normale et surtout solitaire, ennuyante. Les mardis soir, je sortais de chez moi pour me rendre à mes réunions et, toutes les semaines, je pensais abandonner. Je ne me sentais pas la force d'écouter Réjean, l'entrepreneur en construction, parler de sa femme et de sa fille, reprendre depuis le début tout le récit du mal qu'il leur avait fait «quand il consommait», comme il disait. Chaque fois, j'avais envie de lui balancer qu'il ne les aimait pas vraiment, qu'il avait seulement décidé de le croire le jour où il avait ressenti le besoin de donner un visage à son malheur, des années après leur départ. Je faisais des efforts inouïs rien que pour me présenter aux rencontres, pour ne pas éclater de colère et pour applaudir au bon moment. La plupart du temps, je m'en sortais en regardant par terre ou en pensant à autre chose, comme à inviter Alexandra, la plus belle des narcomanes anonymes, à venir prendre une ou douze bières à la maison, juste pour voir où ça nous mènerait.

Puis, les soirées ont commencé à être plus fraîches. Les cours allaient bientôt reprendre, et je savais que mon automne serait rythmé par un nombre fixe de crises, d'épisodes révolutionnaires et de ruptures esthétiques qu'il me faudrait résumer devant une soixantaine de jeunes adultes aussi intéressés par la littérature française que moi par leur vie personnelle. Mais je passerais à travers ces crises comme j'avais passé à travers les précédentes : la première semaine, je survivrais à l'ambition de Napoléon et aux prétentions libérales de l'opposition ; la seconde, à l'ennui de la Restauration. Peu après, je me moquerais du ridicule de Napoléon III, avant de montrer ma reconnaissance à ces messieurs de la Troisième République, qu'on appelait « des professeurs ». Plus tard, je prendrais un air contrit en parlant de l'affaire Dreyfus et, avec les étudiants qui ne m'auraient pas encore déserté, je mettrais le pied dans le « siècle de la vitesse », au cours duquel les Occidentaux ont rivalisé d'ingéniosité pour entrer dans l'Histoire. Au passage, j'essaierais de ne pas rire de Chateaubriand, d'André Breton ni de Jean-Paul Sartre, mais ce serait difficile. Enfin, j'arrêterais de m'en faire avec les fins de semaine, qui ne trouveraient pas de place dans mon plan de cours.

5

NOUS, JEAN-JACQUES

Le premier matin, j'ai enfilé mes jeans les plus propres et une chemise que j'avais pris soin de repasser la veille. Devant le miroir, j'ai eu l'idée de mettre une cravate, mais c'était un peu exagéré. Je me suis quand même souri, et j'ai été content que personne ne me voie faire.

J'avais déjà bu deux cafés à la maison, mais aussitôt arrivé à la faculté, je suis allé m'en chercher un autre, question d'avoir l'air occupé en attendant l'heure. Puis, mes étudiants ont commencé à arriver. Je les ai trouvés encore plus jeunes que l'année précédente. Comme à chaque session, ils se déplaçaient par petites bandes, parlaient fort et s'habillaient n'importe comment. Une vingtaine de minutes plus tard, j'ai pris une dernière gorgée de café (la meilleure, celle qui ne goûte que le sucre) et j'ai dit: « S'il vous plaît. » Ma voix portait bien, les étudiants se sont tus, et je me suis lancé:

– L'ennui, avec l'histoire littéraire française, c'est qu'on ne peut jamais se fier à rien: pendant des siècles, la France est gouvernée par un roi, ses proches et les proches de ses proches, qui sont tous des amis des arts, à la condition que les arts le soient d'eux. De là une peinture et une musique décoratives et flatteuses, un théâtre maniéré et obséquieux, dont les problèmes sont toujours des problèmes de nobles et dont la forme achevée correspondrait en principe à la perfection du régime. C'est un parallèle boiteux, et des exceptions existent qui mettent en évidence l'aspect bancal, forcé, de cette lecture du classicisme. Mais même Molière, au fond, doit compter avec les nobles et ne peut jamais s'adresser qu'aux plus éclairés d'entre eux. Comme ça, pendant des siècles. Puis, en quelques années à peine, tout change — c'est désolant.

J'aurais pu continuer pendant des heures à m'adresser, affecté et déclamatoire, au fond de la classe, rien ne m'aurait interrompu que l'heure du lunch. C'est une des premières choses qu'on découvre en enseignant : l'écoute, le sérieux, la gravité et la bonne foi des étudiants qui, du moins en début de session, ne sont pas encore entamés. On pense toujours que l'un d'eux va tenter de nous coincer ou mettre notre présence en question. Mais non, pas du tout. Nous sommes debout, et eux, assis. Ils prennent des notes, et c'est comme ça. Il n'y a qu'à suivre le plan de cours et à parler :

— Si on se penche sur la littérature la plus légitime de la fin du XVIIIe siècle, on voit bien que des lézardes apparaissaient déjà sur la bâtisse. Des auteurs comme Diderot, Voltaire, Rousseau, mais aussi le marquis de Sade et Choderlos de Laclos, ont tous réclamé, chacun à sa manière, une littérature mieux adaptée à leur époque. Une poésie, comme on le disait alors, plus vivante et plus près des gens. Des personnages du siècle, aux prises avec des problèmes qui leur étaient contemporains. Prenez le texte que je vous ai passé.

Chaque fois, j'essayais de prononcer cette phrase le plus doucement possible, pour en atténuer l'aspect impérieux, autoritaire. Précaution inutile. Tout le monde obéit toujours, tout le monde *a envie d'obéir.*

— Prenez le texte que je vous ai passé. Au début des *Confessions*, Jean-Jacques Rousseau annonce la teneur de son projet :

> « Je forme une entreprise qui n'eut jamais d'exemple et dont l'exécution n'aura point d'imitateur. Je veux montrer à mes semblables un homme dans toute la vérité de la nature ; et cet homme, ce sera moi.
> Moi seul. Je sens mon cœur et je connais les hommes. Je ne suis fait comme aucun de ceux que j'ai vus ; j'ose croire n'être fait comme aucun de ceux qui existent. Si je ne vaux pas mieux, au moins je suis autre. »

J'ai relevé la tête et consulté ma classe du regard. Les ordinateurs et les néons ronronnaient, les stylos grattaient le papier, tout allait bien. J'ai donc pris ma voix de « question à l'examen » et j'ai dit :

— Ce que Rousseau affirme dans ce passage, c'est, d'une part, sa conscience de faire quelque chose de nouveau et, d'autre part, sa prétention à la singularité. Déjà, on voit comment les deux sont liées dans son esprit : à ses yeux, pour écrire un livre original, il faut déjà, en soi, être un peu original. En retour, parler de soi, faire un livre qui traite d'un homme différent de tous les autres vient en quelque sorte confirmer le caractère singulier de son entreprise. Autrement dit, l'auteur est original parce qu'il s'apprête à faire une chose qui n'a jamais été accomplie, et son œuvre le sera également parce qu'elle parlera de lui.

À ce moment, quatre ou cinq étudiants ont cessé de prendre des notes. Ils ont levé les yeux et saisi que, dorénavant, il ne leur serait plus demandé que de comprendre ce que je disais pour réussir ce cours. Reconnaissant, je leur ai souri. Les autres ont profité de ce répit pour compléter leurs notes. À quel moment ceux-là allaient écouter, voilà ce que j'aurais aimé savoir. Plus tard, quand j'aurais fini ? À l'heure de tout retranscrire et de marquer certains passages de jaune, de bleu et de rose ?

J'ai souri à nouveau, puis j'ai repris :

– En annonçant qu'il va parler de lui, Rousseau pose ainsi deux problèmes, qui restent à mon avis irrésolus à ce jour. C'est de ce double problème que nous traiterons tout au long de la session : à partir du moment où on se passe du réservoir à intrigues et à personnages que constituait pour les classiques la mythologie gréco-romaine ; à partir du moment où on se met à parler de soi, qu'est-ce qui reste de la littérature ? Le recours à un univers fictif connu n'est plus un critère valable. Pourtant, même avec Rousseau, il reste quelque chose de cet univers. Pour le dire simplement, il n'y a pas toujours moins de fiction dans le reportage que de reportage dans la fiction.

Un court silence a suivi, et j'ai senti que si je poursuivais dans cette voie je passerais un mauvais quart d'heure. Il y avait déjà deux ou trois filles dans les premiers rangs qui me faisaient des yeux de truites ; un gars avait lancé son crayon sur sa table et s'étirait bruyamment. Un autre vérifiait son fil d'actualité Facebook pendant qu'un dernier faisait des mots croisés. Et moi, j'étais debout sur une petite tribune. À ma gauche, de grandes fenêtres éclairaient les bureau, visage et fatigue de chacun.

J'ai pris une grande respiration et j'ai dit :

— Imaginez que je sois un écrivain, O.K. ? Ce qui me distingue de vous, c'est que j'écris des livres — on s'entend ? Eh bien, maintenant, supposons que je vous présente mon prochain livre en vous disant qu'il s'agit d'une « entreprise qui n'eut jamais d'exemple et dont l'exécution n'aura point d'imitateur ». Vous allez commencer par me dire : « Vincent, tu parles bizarre », parce que je serai un écrivain du XVIIIe siècle. Puis, vous allez sans doute me demander si je ne me moque pas de vous : une entreprise unique, ce n'est quand même pas rien. Ce à quoi je vous répondrai que mon œuvre — oui, je parlerai de mes livres dans ces termes-là : mon œuvre —, donc, sera unique parce qu'elle me représentera, moi, qui suis comme nul autre. Dans ce cas, est-ce que vous n'aurez pas un peu l'impression d'être abaissés au troupeau ?

Je veux dire : est-ce qu'accepter que je suis unique, ce n'est pas admettre que vous l'êtes moins que moi, qui le suis tellement que je mérite un livre, une « œuvre » ? Et même si j'arrivais à vous convaincre qu'en effet je suis vraiment unique, devriez-vous ensuite régler votre conduite sur la mienne ? Devriez-vous faire de mon livre, de ma vie, une sorte de modèle universel ? Un exemple valable pour tous ?

Voilà, c'était tout pour cette première semaine. Je regardais la classe – je regardais *ma* classe – et je souriais bêtement. Ça ne s'était pas trop mal passé. Jean-Jacques avait barbouillé le monde de son Moi, on pouvait se quitter en paix : la Révolution de 1789 aurait lieu.

Les étudiants avaient éteint leur ordinateur, ramassé leurs cartables et mots croisés, quand une fille a levé la main et m'a demandé si c'était important pour l'examen. J'ai dit :

– Quoi, ça ?

Et elle a répondu :

– Ben, toute, là. Jean-Jacques Rousseau pis votre œuvre.

J'ai pensé « seulement mon œuvre », mais je n'ai rien dit. J'ai fait non de la tête et j'ai encore souri.

Le soleil entrait par la fenêtre. Il faisait un peu chaud.

400 km

Le père habite à plus de 400 km de la maison de ses fils, et jamais il ne manque une occasion d'entendre les compliments que leurs enseignantes ont à lui faire. Il descend (ça ne descend pas vraiment, mais c'est ce qu'on dit) et remonte (même remarque, à l'envers) dans la même soirée. Sans doute, la femme qui l'attend à l'autre bout de l'autoroute trouve qu'il se donne beaucoup de mal pour des enfants comme ceux-là — des enfants qui ne se déplacent ni pour les anniversaires, ni pour les mariages, ni pour les enterrements de la « nouvelle famille ». Des enfants si ingrats et si mal élevés, en fait, qu'ils ne lui adressent jamais la parole, à elle, la femme de la nouvelle maison — femme qui pourtant les nourrit et les torche, ces enfants, à plus de 400 km de leur maison à eux. Des enfants qui ne se parlent qu'à voix basse, entre eux, et à leur père, parfois, pour lui demander des choses ; presque toujours pour lui demander des choses et avec dans la voix une note impérieuse et sévère, comme si ces choses leur revenaient de droit et que de les demander, déjà, portait atteinte à l'idée qu'ils se font (ou que leur mère leur a faite) d'eux-mêmes. Des enfants si secs et malveillants, enfin, ces enfants qui regardent grandir les autres enfants — les « nouveaux enfants » —, qu'il vaut toujours mieux les garder à l'œil.

Dans le souvenir du fils aîné, il y a, quelque part sur l'autoroute, entre les deux maisons, un endroit qui ressemble à une nuit parfaite, quand on n'entend que le roulement des pneus sur la chaussée et la radio en sourdine et qu'on ne ressent que le bonheur de se savoir entre nous, avec le père qui conduit et le petit frère qui est là, tout près. Et il se peut bien qu'un soir, comme le père le prétend, le fils aîné finisse par ouvrir la bouche et dise qu'il aime rouler comme ça, quand on ne voit plus que les trois ou quatre mètres devant la voiture, les phares des autres autos circulant en sens inverse, les panneaux de circulation et parfois le halo lumineux que projettent les villes, au loin, dans le ciel.

Et depuis ce temps, chaque fois que la nuit tombe, le père ralentit, de manière à ce que le fils aîné, dans le siège du passager, rêve mieux.

6

LES CHOSES DANGEREUSES

Il y avait déjà un mois que j'assistais aux réunions des N.A., quand Alain, l'animateur, a dessiné un triangle au tableau. À chacun des coins, il a écrit un mot d'une main malhabile, en mêlant les minuscules et les majuscules : d'abord « vÉcu », puis « mALAisE » et « ÉviTE-mEnT ». Ensuite, il nous a expliqué que la plupart des narcomanes étaient prisonniers de ce schéma ; ce qu'ils vivaient « dans leur quotidien » les faisait souffrir d'une manière ou d'une autre, et c'était pour fuir ces difficultés qu'ils « faisaient le *party* ». Moi, j'avais surtout envie de dessiner son visage sous le mot malaise et de disparaître pour toujours, mais j'ai fait comme si mes patterns me tenaient à cœur, en imaginant ce qui le faisait souffrir, lui.

Il était difficile de croire qu'en dehors de ses heures de travail, Alain était un être très épanoui. Les jeans informes qu'il portait, les chemises pastel qu'il n'avait probablement jamais repassées, les cheveux qui tombaient sur ses oreilles et sur son col, ses sourires résignés, tout le désignait aux malheurs de l'anonymat. L'histoire qui venait en tête quand on pensait à lui était à peine une histoire : il ne faisait presque aucun doute que notre homme était né dans une famille moyenne (mère au foyer, vaguement croyante, petite sœur plus douée que lui, mais guère plus sexy), qu'il avait grandi normalement, sans éclat ni détresse spécifique, et avait plus tard dévié vers des études en service social en croyant trouver un sens à sa vie dans les souffrances d'autrui. Mais, lorsqu'il rentrait chez lui, enfin libéré de ces malheurs qui ne lui appartenaient même pas, il se retrouvait aussi seul et ordinaire qu'il l'avait toujours été ; mangeait un mauvais repas en buvant de l'eau, regardait le téléjournal et un peu de pornographie avant de se mettre au lit. Comme ça, cinq jours par semaine, moins trois semaines de vacances par année, depuis quinze ans.

Ragaillardi par ces pensées, j'ai réussi à me concentrer assez longtemps pour comprendre que, ce jour-là, notre travail consisterait à identifier les facteurs extérieurs qui nous amenaient à nous droguer, plutôt qu'à « faire face à nos difficultés ». Certes, cet examen promettait d'être douloureux, mais Alain nous a assurés qu'il était absolument indispensable à notre guérison ; les anciens ont opiné de la tête – je les aurais fusillés sur-le-champ.

Soudainement très à l'aise dans son rôle, Alain insistait sur des aspects apparemment troubles de la psychologie humaine, que sa longue fréquentation des narcomanes lui avait fait connaître. On voyait bien qu'il avait pratiqué ce passage chez lui. Il a expliqué, péremptoire, que les facteurs favorisant notre consommation de drogues pouvaient être différents pour chacun de nous, donné des exemples tirés d'expériences vécues, défini des termes qu'il jugeait compliqués pour les crétins que nous étions. En d'autres mots, il rayonnait, le salaud. J'ai tout de même fermé les yeux et tâché de «regarder en moi», comme s'il y avait autre chose à voir que du sang et de la merde. Assis sur ma chaise de bois, j'ai prié pour que personne ne triche et ne voie la tête que je faisais, en pleine introspection. Puis, j'ai considéré mon passé et mes habitudes de consommation le plus honnêtement possible. Oui, j'avais déjà reniflé de la cocaïne, donné dix dollars à des danseuses de dix-huit ou dix-neuf ans pour qu'elles feignent de me désirer et souffert de difficultés érectiles au moment de croiser ces activités avec des amies d'occasion. Quel genre de personne ça faisait de moi? Mieux valait ne pas trop réfléchir à cette question.

À l'invitation d'Alain, j'ai commencé à dresser l'inventaire de tout ce qui me faisait penser à la coke ou me donnait envie d'en prendre. La liste était longue. Mais, étrangement peut-être, aucune de ces choses n'était triste ni déprimante. Alors que j'avais fumé de la marijuana pendant des années rien que pour endurer mes semblables, je sniffais pour des raisons tout à fait anodines, presque accidentelles. Dix ans plus tôt, je me désolais quotidiennement de ce que les gens soient si bavards et de ce que la plupart d'entre eux aient du poil sous les bras, des conseils à me donner, etc. Mais je fumais du matin au soir, et il me semblait que ça nivelait un peu les choses.

À présent, les gens étaient toujours aussi désolants, mes perspectives d'avenir presque aussi sombres, mais quelque chose avait changé : moi, peut-être ?

Parmi tous les facteurs qui favorisaient ma consommation de cocaïne, il y avait, en vrac : les chansons *Blood on Our Hands* et *You're a Woman, I'm a Machine* de Death From Above 1979 ; presque tout We Are Wolves ; *Brown Sugar*, *Start Me Up* et même *Jumpin' Jack Flash* des Rolling Stones ; la plupart des films d'Emir Kusturica, les annonces de Budweiser, l'alcool et le goût de l'alcool ; l'été ; mes jeans les plus serrés ; les minijupes et les romans de Bret Easton Ellis, malgré les contre-exemples qu'étaient Julian, Sean, Patrick et peut-être Bret Easton Ellis lui-même ; le football américain, la boxe et l'amour anal ; le camping, les hôtels de zéro à cinq étoiles, la viande cuite sur le barbecue, la pornographie ; les cocktails sophistiqués, les tartares de bœuf et les calmars grillés, les filles buvant trop de cocktails sophistiqués ; Evelyn, mon ex, même à jeun ; les villes de New York et de Berlin, et la rue Wellington, à Sherbrooke ; le moment où le soleil se couche, et les dix heures qui suivent ; l'espace entre la quatrième et la cinquième bières, les restaurants avec des bancs de moleskine ; le mot moleskine ; m'asseoir à un bar ou à une terrasse...

Au fond, c'était presque toute la vie qui était dangereuse – celle que j'aimais, ou plutôt ce que j'aimais en elle, et qui appelait comme un surcroît de vie. Celle qui fait qu'on repousse le moment d'aller au lit, si semblable à celui d'aller en terre.

Voilà. Ça faisait un peu mal de l'admettre, mais il y avait des choses que j'aimais dans la vie. J'avais (encore) le goût de vivre. De là à penser que c'était précisément de ce goût de la vie, de ce goût pour tout ce que j'aimais en elle que je devais apprendre à me passer, il n'y avait qu'un pas que je n'ai pas mis beaucoup de temps à franchir, et je n'étais pas certain qu'arrêter de prendre de la drogue, ce n'était pas, aussi, un peu, arrêter de vivre.

7

LE BONHEUR

Après cette réunion, Robert et moi sommes sortis à peu près au même moment. Lui s'est arrêté un instant pour fumer une cigarette, puis, voyant que j'allais marcher, m'a offert de me raccompagner. Je préférais marcher – j'étais même venu à pied exprès pour ça : prendre l'air, au retour, le soir –, mais, pour Robert, dans le monde qui était le sien, ça ne se faisait pas : marcher, refuser un *lift*, tout ça.

Ce qui fait que j'ai attendu dans le stationnement que Robert finisse sa cigarette, puis j'ai encore attendu à côté d'un vieux pick-up Toyota bleu ciel qu'il m'ouvre la portière côté passager, bloquée de l'extérieur. J'étais déjà un peu tendu et je me demandais si Robert, lui aussi, venait de se découvrir un goût pour la vie. Mais je n'avais pas envie de faire la conversation ; j'aurais seulement voulu trouver du réconfort dans le *Best of* des Velvet Underground que j'avais programmé sur mon iPod avant de partir. Puis, j'ai remarqué un pansement ensanglanté que Robert portait à la main gauche, et une peur un peu idiote m'a assailli : au fond, je ne savais à peu près rien de cet homme, et monter dans sa voiture n'était peut-être pas la meilleure des idées.

C'était une intuition très forte, que j'aurais peut-être dû suivre, mais, en même temps, il y avait longtemps que je n'avais pas ressenti quelque chose de semblable : pas exactement de la peur mais, disons, une petite inquiétude, de l'appréhension. Comme un coup d'enfance, avec ses élans, mais aussi ses servitudes particulières. Je me demande si Robert s'en est aperçu. Je serais porté à croire que oui. Mais il n'en a rien laissé paraître. Il a seulement lancé sa cigarette dans la rue et m'a regardé, l'air de dire :

— *So ?*

J'ai donc décidé que je monterais avec lui. Cette cure ne concernerait pas seulement ma dépendance à l'alcool et à la cocaïne, mais aussi mes dispositions au snobisme et à la dérobade, que je devais apprendre à surmonter. Je n'avais rien en commun avec cet homme, sinon une propension à boire et à sniffer au-delà de toute mesure et le désir, justement, d'introduire un peu de mesure dans mon existence. Grimper dans ce camion, parler avec cet homme un peu rustre, un peu sinistre, était l'occasion de découvrir une autre manière de voir et de faire, étrangère à celles que j'avais connues jusque-là — et qui, il fallait bien l'avouer, n'avaient pas donné de résultats très concluants. Pour ces raisons, et pour quelques autres aussi, dont je reparlerai peut-être si j'en ai encore le temps et le goût, je suis resté.

Mal à l'aise et agité, j'ai donné mon adresse à Robert comme je l'aurais fait avec un chauffeur de taxi, au milieu de la nuit.

À l'intérieur de son camion régnait une forte odeur de caoutchouc brûlé et de mégots refroidis. Les bancs de cuirette étaient fendus en plusieurs endroits, et j'ai eu le goût de mettre le doigt dans l'un d'eux, mais je ne l'ai pas fait. Pour aérer autant que pour m'occuper, j'ai essayé d'ouvrir la fenêtre de mon côté, sans succès. Pendant une seconde, j'ai pensé qu'on ne partirait jamais. Puis, le moteur a fait trois ou quatre bonds énormes et s'est mis à rouler normalement, et Robert s'est approché de moi pour gueuler : « *Good truck, this* », par-dessus la voix de Lemmy Kilmister qui s'époumonait sur *Ace of Spades*...

— ...Le *metal* est le seul genre de *music* que je peux encore endurer. Black Sabbath, Megadeth, Pantera, Metallica... un peu AC/DC, Judas Priest, des fois Guns N'Roses... Après ces *bands*-là, le *rock'n'roll* devient de la musique pour *whiners*, de la musique de filles...

J'avais escompté une découverte, et j'étais bien servi. Moi qui considérais chacun de ces groupes comme un ramassis de proto-fascistes, de narcisses et d'homosexuels refoulés (ou non, dans le cas de Judas Priest), je n'avais aucune envie de poursuivre dans cette voie et de discuter de musique — de « culture » — avec le propriétaire d'un pick-up bleu ciel aux prises avec des problèmes de consommation. Si j'avais encore pu le faire, je me serais sauvé à ce moment-là. J'aurais profité d'un arrêt à un feu rouge pour ouvrir la portière et sauter. J'aurais pris des petites rues que j'aurais dévalées à pleines jambes ; franchi des haies et des clôtures, lancé des os imaginaires à des chiens attachés à des niches grosses comme des maisons, et je ne serais jamais revenu. Mais quelque chose me retenait.

– Des fois, a repris Robert, j'imagine les autres *Narcomaniacs* en *rock stars*. Comment qu'ils s'habilleraient, ce qu'ils chanteraient, si ils seraient des *rock stars*...

– ...

– Pas toé ? En tout cas, moé je trouve les *N.A.*, c'est surtout du monde qui auraient voulu être des *rock stars*... Du monde comme toé pis moé, mais pas tout à fait comme toé pis moé non plus. Du monde qui avaient des rêves pis qui ont mal viré... Du monde qui ont réalisé qu'ils seront jamais des *rock stars*, vu qu'ils sont icitte au lieu du Betty Ford Center, pis qu'ils auront jamais des vies ben *glam* non plus, mais, quand même, du monde qui ont pas abandonné leurs rêves de *rock stars* encore. C'est pour ça qu'Alain nous donne de la *born-again bullshit* de même, pour compenser le *glamour*. Sauf que le bonheur, c'est pas un dépanneur, *you know*. C'est pas ouvert vingt-quatre heures sur vingt-quatre, sept jours sur sept, cette affaire-là. Le monde pensent tu vas être heureux tout le temps – c'est pas le vie, ça. Y a des bouttes plates itou, dans le vie. Des bouttes vraiment *fucking* plates. Des bouttes tu penses tu vas pas y arriver, tellement il se passe rien. Des bouttes tu te dis *better blow my goddam brains off right away*, tellement rien avance.

— ...

— Le monde parlent, tu sais, le monde pensent, mais le monde *know shit*.

— ...

— Je sais pas si t'as remarqué, mais dans les N.A. t'as vraiment toutes sortes de monde. Prends la petite Alexandra, *for instance*, une bonne fille de vingt ans qui te parle de le vie *just like she was a freakin' Buddha from outta space or something*. Pis l'autre, là, Mario, qui peut chauffer de son maison à son *job* les yeux fermés, et qui te donne des conseils sur le manière de manœuvrer tes problèmes personnels. Des *boss* qui te racontent comment qu'ils ont gagné leur premier million, perdu leur première femme... *all sorts of people*. Mais si le vie c'était comme un gros show avec du bonheur tout le temps, si le vie c'était un chemin de campagne ben drette pis toujours ben déneigé, un genre de *Way of the Pilgrim* vraiment simple ou un énorme *Who Wants to Be a Millionaire ?*, ben ça s'appellerait pas le vie : *it'd be called fun-time or party or I don't know — anything but life.*

8

SORTIR DE LÀ

En arrivant chez moi, j'ai regardé ma montre, qui indiquait huit heures. Même si le soleil était déjà couché, je ne pouvais pas décemment aller au lit avant quatre ou cinq autres bonnes heures. Je me suis donc fait un sandwich que j'ai mangé debout dans la cuisine, puis je me suis mis à la recherche d'une bouteille d'alcool, mais je m'étais débarrassé de toutes celles que j'avais au mois d'août, le jour où j'ai appelé les N.A. Pendant une seconde, je me suis revu en train de vider tout mon vin, mon whisky et mon gin dans l'évier ; je me suis trouvé vraiment con. J'avais voulu me donner ma bonne volonté en spectacle, eh bien, je n'avais plus qu'à passer mes soirées en sa compagnie.

Pour penser à autre chose, j'ai allumé la télé — un geste machinal que je n'avais pas posé depuis longtemps. C'est un des avantages de la cocaïne de rendre à peu près impossible le visionnement d'émissions dans lesquelles des gens comme Denis Lévesque, Jean-Luc Mongrain ou

Mario Dumont donnent leur opinion, ou dans lesquelles des acteurs feignent de vivre. Il faut vraiment être de l'autre côté de la vie pour consentir à des plaisirs d'aussi faible intensité. Drogué, on ne peut pas : on a l'impression de perdre son temps. Et, en effet, au prix où on a payé son ivresse, son émoi, autant les employer à autre chose. À jeun, on est moins tatillon; on a du temps à tuer, et on sait bien que le plaisir est une notion surfaite. Alors regarder trois minutes d'un documentaire animalier, changer de chaîne et s'arrêter aux nouvelles en continu ou à un film de Pierre Richard qu'on a déjà vu huit fois, pourquoi pas?

C'est comme ça qu'entre deux pauses publicitaires je suis tombé sur un match de baseball. On était déjà en quatrième manche, mais l'action n'était pas difficile à suivre. La masse salariale des Yankees montait à plus de deux cents millions de dollars par saison, celle des Twins à la moitié moins: chaque coup sûr des Twins me mettait en joie. Bien que je n'aie pas regardé une seule manche de baseball depuis le départ des Expos en 2004, je n'avais rien perdu de ma compréhension du jeu. Un joueur se rend au premier but: l'instructeur au troisième se met aussitôt à gratter ses cuisses, à dévisser sa casquette ou à s'essuyer les avant-bras; et chacun de ses gestes signale un en deçà du jeu, fait d'hésitations stratégiques et de fausses pistes. Les situations d'amortis, de court et frappe et de substitutions défensives; les moments où il est préférable d'avoir un lanceur gaucher au monticule, plutôt qu'un droitier — toute cette lenteur rituelle. Enfant, j'allais parfois au Stade avec mon père et mon frère. On laissait alors l'auto à Verdun, où vivait ma grand-mère, et on prenait le métro, de Jolicœur à Pie-IX, avec nos gants de baseball «au cas où» et un appétit énorme pour tout ce qui s'appelait «hot-dog, chien chaud», «Coke, Sprite» et «barbe à papa».

Applaudir, en accord avec trente-cinq mille personnes, parce qu'un arrêt-court portoricain a frappé un double le long de la ligne du troisième, crier à tout rompre parce Larry Walker vient d'épingler un coureur qui «défiait son bras»: ces joies étaient trop simples, il fallait qu'on nous les enlève. Des gens en habit sont venus et ont jugé, dans leur langue, que le jeu n'en valait pas la chandelle. Ils l'ont vendue, notre équipe. Et notre soif pour le jeu, notre identification presque rageuse à ce sport et à cette équipe sont restées comme en vacances d'elles-mêmes, inemployées. Elles pendent, stupides et libres, au bout de nous.

En neuvième manche, les Twins, qui tiraient de l'arrière, ont réussi à placer deux hommes sur les buts. Les Yankees ont alors remplacé leur lanceur partant pour Mariano Rivera (quinze millions de dollars par année), qui est venu «fermer les livres». Il était onze heures moins vingt, et il m'est venu à l'esprit que je pourrais employer les heures qui m'étaient allouées à quelque chose d'utile. Me mettre à profit, si on veut.

Hésitant, je me suis levé et je me suis dirigé vers ma chambre, où se trouvait ma table de travail. C'était une pièce que je ne fréquentais qu'au moment de me coucher, et encore, il m'arrivait de plus en plus souvent de la déserter ; autrefois pour la chambre d'Evelyn, bien plus claire et douillette, maintenant pour mon salon, moins encombré. Car ma table de travail était presque entièrement recouverte de livres, de feuilles volantes, de Post-it, de cartes postales, d'agendas de sessions passées, de cartons d'allumettes, d'instruments de toutes sortes, qui me rappelaient un travail inachevé et, pour tout dire, perpétuel. J'avais l'impression que même lorsque je ne travaillais pas je travaillais encore. Il y avait d'abord ma thèse, sur l'œuvre de Maurice Sachs, que je n'avais ni la force de terminer, ni le courage de déclarer suspendue, puis mes cours, qui demandaient constamment à être revus, augmentés. C'était interminable, et l'aspect général des lieux le prouvait parfaitement.

Comme j'étais là, j'ai attrapé deux ou trois feuilles volantes qui traînaient sur une tablette. Rien d'important : à la récupération. Puis, des Post-it de toutes les couleurs, qui me rappelaient de vieux rendez-vous chez le dentiste, chez la coiffeuse ou ailleurs, ou qui indiquaient des cotes de livres que je n'avais pas lus et dont je m'étais désintéressé quelques jours après en avoir noté les références. C'était étonnant, mais sous cette première couche se découvraient des piles à peu près organisées : d'un côté, des livres de fiction, ma liste de « lectures personnelles » ; d'un autre, des dictionnaires, des manuels et des essais, mes « lectures professionnelles ». Au fond, derrière mon écran d'ordinateur, des jeux vidéo et une pile au statut incertain, avec des objets hétéroclites, des tasses et une rondelle de hockey. Il y avait aussi des pots contenant des crayons et des capsules d'encre, qui témoignaient d'une ancienne volonté d'ordre et de rangement. Et un cactus qu'Evelyn, craignant à juste titre que je n'aie pas les qualités requises pour maintenir une vraie plante en vie, m'avait donné afin de rendre mon espace de travail plus vivant.

— C'est important, de se sentir bien dans son espace de travail, qu'elle m'avait dit. Je ne te parle pas de feng shui, là, mais juste de garder les choses à leur place, de ne pas te laisser ensevelir par elles.

J'ai souri. La moitié des notes qui traînaient sur mon bureau avaient trait à ma thèse. En ramassant l'autre moitié, j'ai repensé à cette époque pas si lointaine où la seule mention de mes recherches suffisait à me plonger dans une dépression terrible. Je voyais tout le travail accompli, et je me disais que je ne pouvais pas me faire ça : abandonner ma thèse à un stade aussi avancé. En même temps, je savais tout ce qui restait à faire, et j'ignorais comment je pourrais en venir à bout – et, surtout, pour quelle raison je le ferais. Ce n'était pas comme si un emploi précis m'attendait de l'autre côté, ou comme si j'allais passer à la télé ou même recevoir les félicitations de mes collègues, qui n'en auraient de toute façon que pour des résultats concrets : « Combien de temps t'as mis pour finir ? Penses-tu la publier, ta thèse ? Ah, oui ? Où ? » C'était assez pour me donner envie de tout arrêter.

Tout en rêvassant et sans même vraiment souffrir, j'avais fait disparaître presque trois années de négligence et de désordre. Ma chambre était de nouveau habitable, mon espace de travail, dégagé. Lancé, j'ai allumé mon ordinateur. Le plan, c'était d'en faire autant avec mon bureau virtuel. J'avais des dizaines de répertoires intitulés « Chapitre_1 », « Chapitre_2 », etc., qui comptaient autant de fichiers nommés « Version_1 », « Version_2 », etc. Chacun d'eux se lisait comme une dictée trouée. J'avais procédé n'importe comment, écrit des petits bouts de phrases par-ci, d'autres petits bouts par-là (« à intégrer au chapitre 3 », « restants », « corrections du chapitre 2 »...), en espérant qu'un jour les blancs se remplissent d'eux-mêmes. C'était un travail impressionniste, avec toutes sortes de parallèles et de renvois partout, des paragraphes laissés en plan, des idées lâchées en plein élan, des citations sans références, orphelines. On commençait la lecture au début et, tout de suite, on devait s'arrêter.

Ce qu'il m'aurait fallu, c'est un plan, une direction, quelque chose comme un fil conducteur. Mais j'avais exécuté ce travail comme Maurice Sachs avait accompli son existence – existence qui était peut-être sa seule œuvre d'art véritable. L'ensemble donnait l'impression d'un être sans destin, doué d'une espèce de vision à très long terme, mais ne connaissant pas de défi plus grand que celui de se rendre au bout de ses journées. Partout des trous, des pages blanches : on ne savait rien du père de Sachs, et lui-même ne l'avait pas connu ; ses sources de revenus étaient incertaines, mais ses dépenses, délirantes ; tantôt il mentait sur sa judéité, tantôt il s'en faisait une gloire ; dans tous les cas, il se faisait passer pour celui qu'il n'était pas.

Tous ces espaces vides dans mon texte renvoyaient au vide dans lequel Sachs lui-même pataugeait. Parti à la recherche de sa propre histoire, il devait revenir, après l'amour, les fêtes et les salons, établir les rapports nécessaires entre les informations qu'on avait sur lui et qui nous brûlaient les doigts. Sauf que, de fuite en fuite et de subterfuge en subterfuge, il paraissait de plus en plus évident qu'il ne reviendrait pas. En fait, certains matins, il manquait à ce point de courage qu'il ne se levait même pas ; il restait au lit et ne reprenait ni son travail d'écrivain ni son rôle d'être humain. Il restait là, regardait le plafond et se disait qu'il ne produirait plus d'autre journée, non, plus jamais il n'offrirait de page nouvelle. Il se faisait porter manquant auprès de ses créanciers, me tirait la langue, et moi, je partais faire l'université buissonnière, quelque part dans un bar voisin ou sur le divan d'une vague relation. Seul ou avec des amies transitoires, je connaissais des petits plaisirs plus ou moins hygiéniques, plus ou moins monnayables, fermais les yeux et priais pour que quelque chose arrive et me tire de là – une côte fêlée, une fille à peu près regardable, une overdose, n'importe quoi. Mais que je sorte de là, oui, que je m'extirpe de ce monde dans lequel on travaillait, baisait et dormait dans la même pièce, que je m'échappe de cette vie menée comme un raisonnement dialectique, conformément au protocole de présentation des travaux écrits.

J'ai fermé les fenêtres que j'avais ouvertes sur mon écran, puis j'ai éteint l'ordinateur et les lumières de ma chambre, et je suis retourné au salon. Chacun des gestes que Maurice Sachs avait posés dans sa vie avait ajouté à sa haine du monde et de lui-même et contribué à l'isoler davantage. Chacun de ses livres, comme un suicide littéraire. Et moi... non. À la télé, un autre match de baseball, dans l'Ouest, était sur le point de commencer. Je me suis finalement endormi en le regardant, sur le divan.

Comme un rempart contre le temps

Quand il apprend que sa femme est enceinte, le père se dit aussitôt qu'il fera tout en son pouvoir pour que cet enfant ne connaisse pas le mal. Sa femme, qui l'aime encore, le croit et ne l'en aime que mieux. Ensemble, ils feront un garçon bon et tendre, à l'abri de la méchanceté et de la misère.

Puis, le temps passe et les frictions se multiplient. On peut même penser qu'il n'y a pas que le travail qui, le soir, empêche le père de retourner auprès de sa femme. Voire que la femme, au fond, n'est pas si triste de se retrouver seule avec l'enfant.

Cependant, la pensée de cet être qui ne connaîtra pas le mal reste et unit le père et la mère dans leur solitude respective. Même plus tard, après la naissance du second enfant, même après la preuve répétée des infidélités du père et le repli obstiné de la mère sur ses fils, même après les disputes que l'un et l'autre essaieront de faire passer pour des discussions, même après le sentiment d'avoir perdu les meilleures années de sa vie avec quelqu'un qui n'était pas fait pour soi, même après ce qui succède aux larmes et à l'anéantissement et à l'amertume demeure cette pensée d'avoir, un jour, voulu faire des enfants qui ne connaîtraient pas le mal. De les avoir aimés et chéris pour cette pensée qu'on a investie en eux, comme un rempart contre le temps.

9

POUR L'AMOUR D'ELLÉNORE

Fidèle à mon plan de cours, Benjamin Constant a profité de la semaine suivante pour faire paraître un petit roman autobiographique, *Adolphe*. Soucieux de ne pas voir son travail réduit aux seules dimensions de la «vraie vie», Constant avait fait précéder son livre d'un bref essai dans lequel il se défendait d'écrire sur les gens qu'il connaissait. «Je n'ai voulu en peindre aucun, ami ou indifférent», assurait-il. Évidemment, ses contemporains n'ont pas manqué de souligner les ressemblances entre cette histoire et celle de son idylle avec Madame de Staël, née Germaine Necker, et donc d'affirmer qu'Adolphe, c'était Benjamin Constant, et que Benjamin Constant, c'était Adolphe. Mais ce n'est pas ce que je veux dire.

Il y a plusieurs manières de résumer ce livre. La plus simple, c'est de dire qu'il raconte un *one-night stand* qui vire mal. Cette version fait généralement sourire, surtout les gars. Les filles, moins, mais elles tendent quand même l'oreille, attentives à ce qui, dans la suite, pourrait les servir.

Une autre manière d'en parler serait de le rapprocher de moi, en espérant (comme Jean-Jacques Rousseau l'a fait plus tôt) que le passage du *je* au *nous* s'opère sans heurt. Ce jour-là, par exemple, j'ai dit :

– On peut penser qu'Adolphe est surtout un prénom qui se perd, mais c'est aussi une histoire indémodable. Il suffirait de changer les décors et les habits des personnages pour les mettre au goût du jour, un peu comme dans la version de Baz Luhrmann de *Roméo et Juliette*, avec Leonardo DiCaprio et Claire Danes, et on croirait qu'elle a été écrite hier soir.

Silence. J'ai demandé qui avait vu ce film. Deux mains se sont levées. Les références culturelles vieillissent trop vite.

– Adolphe, le narrateur du roman, est un jeune homme de vingt-deux ans, un peu taciturne, un peu hautain, comme on l'est à cet âge-là, et qui a conçu – ainsi qu'il sied aux âmes bien nées – « une insurmontable aversion pour toutes les maximes communes et pour toutes les formules dogmatiques ». Il pourrait se trouver dans cette classe, parmi vous.

Silence.

– En fait, Adolphe, ce n'est ni Benjamin Constant, ni vous. C'est moi, à votre âge.

Silence.

– Mais ce jeune homme, qui est allergique à la convenance et à la médiocrité, va justement se laisser prendre au plus commun de tous les jeux : celui de l'amour, c'est-à-dire, ici, de la séduction. Je passe rapidement sur les aléas de sa déliquescence. L'important c'est que pour séduire Ellénore qui se refuse à lui, Adolphe va devoir recourir à un subterfuge : l'invention de son amour pour elle. Un amour tel qu'elle voudra tout quitter pour lui, qu'elle sera prête à risquer sa situation pour vivre cet amour, quoi qu'il lui en coûte. Le problème, c'est qu'Ellénore ne croit pas tout de suite aux sentiments d'Adolphe ; elle va d'abord lui en demander des preuves. On la comprend un peu : croire à l'amour, c'est toujours croire à *un certain amour*, celui qu'une personne assure avoir pour nous. C'est donc, aussi, faire confiance à cette personne.

J'ai parcouru la classe des yeux pour mesurer mon effet. Aucune réaction ; autant parler à des fantômes. J'ai quand même repris :

— Pendant qu'Ellénore tergiverse, Adolphe fait l'expérience de la souffrance. Il avait cru qu'il lui suffirait de se déclarer pour qu'Ellénore cède à ses avances, mais il n'en est rien. Il se produit alors une chose extraordinaire : Adolphe se met lui-même à croire aux sentiments qu'il a voulu faire naître chez elle.

Je me suis encore arrêté un instant, puis j'ai compris que mon silence ne me servirait pas. Les fantômes, ce n'étaient pas mes étudiants — c'étaient mes souvenirs. Ils flottaient au fond de la classe, prêts à ressurgir. Et parler, oui, m'écouter parler, était encore la meilleure façon de les faire taire :

— Un soir, brûlant de passion, Adolphe va donc poser cet ultimatum à Ellénore :

« Si vous ne me promettez pas de me recevoir demain chez vous à onze heures, je pars à l'instant, j'abandonne mon pays, ma famille et mon père, je romps tous mes liens, j'abjure tous mes devoirs, et je vais, n'importe où, finir au plus tôt une vie que vous vous plaisez à empoisonner. »

Pour éviter de laisser toute la place à mes souvenirs, j'ai ajouté que ce n'était pas une tactique que je recommandais.

— Menacer de se suicider, puis se faire dire non et rester en vie, c'est un peu con, j'ai fait. L'échec est déjà assez douloureux comme ça, inutile d'en rajouter en mettant sa peau en jeu.

En prononçant ces mots, j'ai tout fait pour ne regarder personne dans les yeux. Je savais que si je posais mon regard sur un visage, même sur celui d'une fille un peu moche ou sur celui de ce garçon qui faisait des mots croisés près des fenêtres, j'aurais envie de leur poser des questions, de connaître leur histoire. Et eux se poseraient des questions sur moi. Qu'importait Adolphe, en regard de notre capacité d'amour ? Et tous ces cris, tous ces déchirements qui étaient encore à prévoir, dans chacune de nos vies, seraient-ils jamais réels ? Et est-ce que, moi, je serais jamais capable d'un amour que je n'aurais pas d'abord inventé pour emmener une fille dans mon lit ? Et avec Evelyn ? Est-ce que ça avait été différent, avec elle ?

J'ai penché la tête vers mes notes et chassé ces pensées en ajoutant :

— Vers la fin du troisième chapitre, une phrase décevante nous confirme que l'amour (ou, du moins, le désir) d'Adolphe et d'Ellénore est consommé. Le reste du roman s'attache au récit des remords du narrateur, en quelque sorte contraint à honorer le mythe de son amour pour Ellénore, sous peine de s'avouer sa propre immoralité. Ce qui m'intéresse là-dedans, c'est surtout le fait que, à la fin du roman, le narrateur se trouve libéré de ses chaînes vis-à-vis d'Ellénore, mais qu'il n'est pas pour autant délivré de son sentiment de culpabilité. Comme si l'angle moral du roman n'était pas assez clair, un échange de lettres entre l'éditeur fictif du livre et l'homme à qui Adolphe aurait confié son manuscrit vient définitivement clore notre lecture sur cette interprétation : « La grande question dans la vie, c'est la douleur que l'on cause, et la métaphysique la plus ingénieuse ne justifie pas l'homme qui a déchiré le cœur qui l'aimait. »

Silence.

— Si, à ce moment, vous n'avez pas compris ce qu'est le Bien et ce qu'est le Mal, vous ne le comprendrez jamais.

Silence.

— Centrale dans l'histoire de la littérature, la portée morale de la fiction suppose une visée, un effet précis sur le public. Elle assigne à la littérature une place dans le monde en la faisant servir, ou non, une idée du Bien. D'une certaine façon, on peut considérer l'histoire des deux derniers siècles de la littérature française (et même occidentale) comme celle d'une libération morale. Mais sommes-nous vraiment « libérés » de ce point de vue ? Sommes-nous bien « émancipés » moralement ?

Ne répondez pas. Je résume et j'anticipe : en 1816, dans une préface et une postface éminemment morales, Benjamin Constant se défendait de donner son héros en exemple. En 1856, Gustave Flaubert était traîné en cour parce qu'il avait raconté l'histoire d'une femme adultère. L'année suivante, c'était au tour de Baudelaire, qui n'avait pas les mêmes appuis que son collègue romancier et qui, par conséquent, a été forcé de retirer six poèmes de ses *Fleurs du mal* pour outrage à la morale publique et aux bonnes mœurs. Cent cinquante ans plus tard, des gens qui tiennent Flaubert et Baudelaire pour deux des plus grands écrivains de l'histoire sont prêts à condamner Michel Houellebecq pour des raisons analogues.

Il était onze heures vingt. Le cours allait bientôt s'achever. J'aurais dû conclure, donner des consignes pour la semaine suivante. J'ai regardé par la fenêtre en attendant que du temps passe. Et du temps a passé. Nerveux, les étudiants ont commencé à s'agiter. Je me suis demandé qui oserait intervenir le premier, rompre ce silence, me rappeler à l'ordre.

Dehors, le soleil frappait sur les voitures. C'était une autre belle journée, sans doute une des dernières de la saison. Il faudrait bientôt s'habiller plus chaudement ; on reculerait l'heure, d'autres auteurs nous feraient oublier Benjamin et Germaine, je veux dire Adolphe et Ellénore.

— Ce que j'aimerais savoir, c'est ce qui reste de la littérature quand elle se dégage entièrement de la morale, quand elle n'est plus ni morale, ni immorale, ni même amorale, ni rien. Quand elle est au-delà de ça, au-delà de cette pensée. Ou peut-être en deçà, je ne sais pas.

Les étudiants continuaient de prendre des notes, la tête penchée sur leur bureau.

– Le travail de la langue ? Le jeu sur les codes ?

Quelques-uns ont relevé la tête, l'air de demander s'ils devaient aussi noter mes questions ou seulement attendre les réponses.

– Je vais vous avouer une chose : des fois, j'ai l'impression que l'amour d'Adolphe et la littérature sont une seule et même chose. Comme Adolphe, qui se regarde feindre un amour pour Ellénore et se met à y croire, l'écrivain se regarde écrire, devient ce personnage qui écrit et se met non seulement à croire à l'histoire qu'il raconte, celle d'un *one-night stand* foireux, mais aussi à celle de toute la littérature – histoire dans laquelle il cherche à s'inscrire, et dont il a besoin pour justifier son propre travail, peut-être sa propre existence.

Silence.

– Ce que je viens de dire n'est pas important pour l'examen.

Silence.

– Avant de vous laisser partir, je vous rappelle que vous avez un travail à me remettre la semaine prochaine. C'est assez simple. Il s'agit de répondre à la question suivante : à partir de votre lecture du roman *Adolphe* de Benjamin Constant, montrez de quelle manière la relation du narrateur à son père, développée dans les toutes premières pages du livre, annonce et pour ainsi dire contient en germe l'ensemble du roman.

La corde du cœur

Le fils aîné devait avoir quatorze ou quinze ans ; sa grand-mère venait de mourir et son père lui demandait, au téléphone, s'il voulait assister à ses funérailles. Des années plus tard, le fils aîné se souvient parfaitement que le père lui a laissé le choix : ou bien il irait et il n'en serait que plus heureux, ou bien il n'irait pas et ça ne serait pas plus grave que ça.

À la mort de son père, le fils aîné a reçu quelques dizaines de milliers de dollars qu'il s'est empressé de dépenser, comme son père l'aurait sans doute fait lui-même ; deux ou trois cravates de laine (comme les intellectuels en portaient à la fin des années 1970 et au début des années 1980) ; un portefeuille de cuir noir (dans lequel le fils aîné a plus tard glissé une photo de son père, prise en 1990 ou 1991, et qui lui rappelle cette espèce d'atavisme voulant que les hommes Sylvestre n'arrivent pas à mettre de l'argent de côté ni, peut-être, à s'économiser, eux) ; un air de famille et un fonds de proverbes qu'il n'a pas beaucoup d'occasions d'employer.

Parmi ceux-là, il y en a un que le fils aîné affectionne particulièrement, sans doute parce que c'est le plus imagé : « La corde du cœur lui traîne dans 'marde » — ce qui signifie à peu près qu'une personne est assez lâche et dépourvue d'humanité pour ne pas assister aux funérailles de sa grand-mère.

10

QUELQU'UN D'AUTRE

Au fil des semaines, j'ai découvert que Robert avait autant de mal que moi à supporter les allusions spirituelles d'Alain, les pleurs et les encouragements des autres N.A., leurs exhortations et leurs applaudissements toujours un peu trop marqués pour être sincères. Il trouvait toujours le moyen de m'attraper à la sortie pour me faire part de ses impressions : untel était tout simplement pathétique ; un autre, qu'il connaissait pour avoir eu affaire à lui du temps où il vendait de la drogue, était « un ostie de crosseur » ; la petite Alexandra, sous ses airs de *sexy schoolgirl*, n'était qu'une *goddam spoiled kid*.

Et puis, entre deux commentaires sur les N.A. et le heavy métal, j'ai fini par comprendre que Robert n'avait pas cessé de se traiter avec « les moyens du bar », après les réunions. Ce qui fait qu'un soir vers la fin septembre, je me suis dit que de sortir un peu, voir du monde (même des proches de Robert), ne pouvait pas me faire de mal.

Que le pire qui puisse arriver, en fait, c'était que je tombe sur Evelyn, que je n'avais pas vue depuis presque deux mois, et que ma santé, ma retenue nouvelles l'impressionnent tellement que j'aurais l'occasion de lui dire que je préférais rentrer seul, pour être en meilleure forme le lendemain.

Je me suis donc invité et, à partir de là, tous les mardis soir après les N.A., Robert m'emmenait dans des bars que j'avais toujours considérés comme des bars de vieux poudrés finis, des bars de prolos aigris et de «jeunes cinquantenaires» qui s'en faisaient accroire en payant des bières à de fausses blondes avec des gros culs. Des bars comme Le Magog, La Virée, parfois même La Cachette des sportifs, à Rock Forest. Il faut dire que Robert était en train de devenir quelque chose comme un ami – quelqu'un dont la présence ne m'indisposait pas trop, un «gars correct» sur qui on pouvait à peu près compter. Il ne jouait pas beaucoup mieux que moi au *pool*; on passait donc l'essentiel de nos soirées accoudés au bar, à parler de n'importe quoi sauf de poudre. On rentrait tôt, ça allait. Et, bientôt, ces bars se sont mis à m'apparaître comme le prolongement de son caractère, des endroits accueillants où on était indulgents les uns envers les autres. D'une certaine manière, la fréquentation d'un gars comme Robert ne faisait pas que me sortir de chez moi; elle me sortait aussi de mon confort, de ma personne, de celui que je pensais être. Passer du temps avec Robert, l'écouter se prononcer avec l'aplomb des ignorants sur le moindre fait divers me libérait de mes codes, de mes habitudes. Comme les auteurs français du milieu du XIXe siècle, avec Robert, j'élargissais le domaine de mes possibilités. Je fréquentais des milieux que ni les classiques ni les romantiques n'avaient visités, que ni les symbolistes ni les surréalistes n'avaient encore montés en épingle.

Peu à peu, je devenais quelqu'un d'autre. Quelqu'un qui était capable d'apprécier le jeu de Slash, de Joe Satriani et d'Angus Young. Quelqu'un qui se surprenait à dire « toé pis moé » de temps à autre et qui était amené à réviser son jugement sur les bars qu'il avait autrefois méprisés, comme sur les propriétaires de Jeep Cherokee, de *speedboat* et d'implants mammaires.

En même temps, certains aspects de Robert m'échappaient encore. Parfois, je me demandais si ce n'était pas ce qui me plaisait le mieux en lui : l'impression de rudesse et d'anxiété qu'il dégageait, sa manière de regarder par-dessus son épaule et d'éviter de marcher sur les craques des trottoirs... Toutes ses superstitions un peu connes. Avec lui, des événements étaient susceptibles de se produire ; des astres pouvaient s'aligner. Tout n'était pas déterminé une fois pour toutes. Il restait encore des cartes à jouer, des coups à tenter.

11

L'ANCIEN CHEMIN

Puis, un soir, comme ça, Robert m'a proposé de le suivre chez lui. Il a dit: «C'est tranquille, tu vas voir. Pas de dope, ni de N.A., ni de *pool* non plus. Pis surtout pas d'ostie de hip-hop.» J'avais plus ou moins le goût de faire la route, mais entre une soirée chez lui et le baseball dans mon salon, j'ai choisi la soirée chez Robert. Je suis donc passé à la SAQ pour acheter une bouteille, et je suis parti.

Robert habitait une petite maison toute croche avec une cour à *scrap* en guise de jardin, à Ulverton — un village situé à environ cinquante kilomètres au nord de Sherbrooke. Pour s'y rendre, il faut prendre l'ancien chemin pour Drummondville. D'abord, on traverse Bromptonville, puis Windsor. C'est une vieille région loyaliste que l'industrie du papier nourrit tant bien que mal depuis le début du XXe siècle, et qui fait penser à ce qu'aurait pu être la ville de Sherbrooke si elle avait cessé de se développer à cette époque-là. Chez moi, quand les vents changent de direction, au printemps et à l'automne, on dit que ça sent Windsor – en d'autres mots : ça pue. Ce sont les produits chimiques employés pour blanchir le papier qui ont cette odeur. Les gens de Windsor prétendent que ça ne sent rien, mais c'est n'importe quoi. Le taux de maladies bizarres chez les enfants et les jeunes adultes y est si élevé qu'on fera bien ce qu'on voudra, on racontera bien ce qu'on voudra, moi, je reste à Sherbrooke.

Chaque fois que je traverse Windsor, la même impression d'abandon vraiment triste m'envahit ; tout a l'air si pauvre, si négligé qu'on se demande bien pour quelle raison on voudrait encore changer les choses, dans cette ville, améliorer la qualité de l'air ou balayer son coin de trottoir. À une intersection de l'autre côté du pont, on aperçoit un bar dans un demi-sous-sol, sous le bureau de poste, et qui fait la promotion de ses dimanches animés par DJ-Gina. On dirait que la vie est passée par là en 1958 ou 1959 et qu'elle est repartie. Des gens font semblant de rien, ouvrent des boutiques de vêtements pour enfants, mettent des fleurs aux fenêtres, achètent des nouvelles voitures… Mais ça ne sert à rien. Le seul qui ait l'air à sa place, ici, c'est le barbier, avec sa torsade bleu-blanc-rouge qui vire au gris, ses clients trépassés – complètement, absolument hors du temps.

Un peu plus haut vers le nord, ça s'améliore un peu. On suit toujours la rivière Saint-François et l'ancienne ligne de chemin de fer, mais les deux perdent un peu de leur aspect industriel ; ça ressemble presque à la campagne. Dans les champs, des animaux dorment ou mangent ou meurent. Puis, la route quitte la rivière et tourne brusquement à gauche dans une montée, et si on ne fait pas attention, eh bien, on a manqué Ulverton. Là-haut sur la colline, on peut encore trouver une ou deux belles maisons ancestrales cachées derrière les arbres, puis une écurie, au fond, mais, dans l'ensemble, Ulverton est surtout constitué de bicoques et de cours à *scrap* dans le genre de celles de Robert.

Les deux ou trois fois où je suis passé par là avant de le connaître, je me demandais qui pouvait bien vivre ici, ce qu'on faisait de sa peau et de son temps, quand on habitait Ulverton. Maintenant, je le sais : on attend que ça passe.

12

LES CHIENS

Chez Robert, trois énormes chiens en liberté jappent après tous les passants, animaux, fantômes qu'ils voient, entendent ou imaginent. La première fois que j'y suis allé, je n'osais même pas sortir de la voiture. J'ai klaxonné un petit coup, puis Robert est sorti de la maison, torse nu, avec une carabine en bandoulière, pour venir à ma rencontre – et peut-être un peu à ma rescousse, aussi.

– *Don't mind them*, il a dit en ouvrant la portière de ma voiture. *I hate them and they hate me too, so just kick 'em in the guts if they keep barking at you.* Ils te mordront pas. Ils mordent jamais rien ni personne.

Robert m'a précédé dans l'allée qui menait à la maison et a déposé sa carabine contre le mur de l'entrée. Comme je le regardais faire, il m'a expliqué qu'il gardait l'arme sur lui au cas où un animal passerait par là.

– *A deer, a rabbit, even a squirrel, anything that's good to eat...* C'est le saison, *you know.*

Autrefois, il allait chasser avec son père, aux environs de Scottstown. Mais il devait se contenter de poser des pièges et de chasser à l'arc, en cachette, parce que les terrains ne leur appartenaient pas.

– À c't'heure, je peux faire ce que je veux. Tout ce que tu vois de la route jusqu'à la forêt au fond derrière, au bout de la terre et jusqu'au ruisseau encore plus loin à presque cinq *miles* d'icitte, tout ça, c'est bon pour chasser. Y a jamais personne qui vient dans ce coin-ci't. J'ai bien appris comment placer des pièges pis tirer à l'arc dans le temps avec le père, mais icitte j'en ai pu besoin. *A damn good hunter, the old man. He would have loved it, here...*

Plus tard, j'ai su que la carabine ne lui appartenait pas vraiment ; il l'avait trouvée en arrivant ici. Comme les chiens, d'ailleurs. Ils étaient là, alors Robert les avait nourris dans l'attente d'un autre occupant, qui les nourrirait à son tour.

– Tu comprends, qu'il a ajouté avant que je m'en retourne chez moi, on est toutes là en attendant de partir, que quelqu'un prenne notre place. Ça fait que moé, je m'occupe de la maison pis des chiens pis de la terre. C'est pas grand-chose, mais c'est ça. C'est sûr que si j'aurais une petite femme à la maison, ça serait autre chose. Je réparerais le toit, je rangerais le cour à *scrap*, je ferais du ménage... Ça vaudrait la peine de me forcer, mais là... *I'm all alone, here. So why should I care ? Eh ?* De toute façon, le monde sont tellement *rude* pis *mean* pis *phony these days*, des fois je pense que je suis aussi bien de rester tout seul icitte *anyways*. Empêcher un père de chasser avec son fils, forcer des hommes à travailler toute leur vie pour des pinottes pis les envoyer en prison parce qu'ils payent pas leurs dettes ou parce qu'ils se gèlent la face, voir si ça se fait! Des fois, je regarde mes chiens dans la cour pis je me dis que le monde sont pareils comme eux autres – *same damn thing*: à force de vivre avec toé, ils pensent qu'ils sont des humains.

De l'histoire ancienne

Alors que ses enfants sont encore tout jeunes, le père leur raconte des histoires — avant d'aller au lit, le soir, ou bien à l'heure de la sieste, quand lui-même se sent fatigué. À cette époque, il y a les contes de Perrault, d'Andersen et des frères Grimm, adaptés par Walt Disney dans des albums illustrés qu'on peut leur lire : Mickey Mouse dans le rôle du petit tailleur, Minnie dans celui de la princesse au petit pois... Mais ce que les fils apprécient par-dessus tout, ce sont ses histoires à lui, au père : celles qui racontent son enfance sur la rue Jolicœur dans les années 1940, sa jeunesse à lui, des snack-bars de Verdun au Camp Olier, où il passait ses étés avec les « routiers » quand il était adolescent.

De ces histoires extraordinaires et véridiques, jamais les fils ne se lassent ; ils les savent même par cœur, et le moindre de leurs détails les passionne : les coupes de cheveux « en brosse » que portaient les garçons pour éviter les poux ; leurs souliers en toile avec des semelles de caoutchouc, dont les enfants des beaux quartiers n'auraient jamais voulu et qu'on vend à présent plus de quatre-vingt-dix dollars dans les boutiques pour hipsters*; les jeans que les parents du père achetaient alors au moins deux points trop grands pour laisser de la place aux centimètres à venir, jeans qu'il fallait nécessairement rouler dans le bas – en* turn-ups*, qu'on disait – pour ne pas marcher dessus. Tout ça et bien d'autres choses encore qui forment pour les fils émerveillés le décor mythique de ce qu'ils se sentent être, de ce qu'ils ont la certitude et l'immense bonheur d'être : des fils Sylvestre, des frères Sylvestre, contre le reste du monde.*

Et les après-midis de sieste il n'est pas rare que les fils, comme de minuscules démons, rouent leur père de coups, cherchant à le tenir éveillé afin d'entendre pour une centième fois ses histoires jusqu'au bout.

Il est certain que les fils, eux, ne se seraient jamais endormis avant la fin.

13

LES LATRINES DE THÉOPHILE GAUTIER

C'est au retour de ma première visite à Ulverton que j'ai commencé à prendre des libertés avec mon plan de cours. Le calendrier annonçait « Victor Hugo : des salons monarchistes à l'homme des *Misérables* », mais, pendant presque trois heures, je n'ai parlé que d'une petite préface, souvent citée, qui précède un roman que personne ne lit jamais : *Mademoiselle de Maupin*, de Théophile Gautier.

Assez marginal dans l'histoire de la littérature française, Théophile Gautier reste surtout célèbre pour avoir présumément porté un chandail rouge lors de la première d'*Hernani*, où s'est décidée la bataille romantique. En revanche, je l'ai toujours préféré aux autres romantiques, entre autres parce que, contrairement à eux, il ne s'est jamais renié. Alors qu'Alfred de Vigny, Victor Hugo et Alfred de Musset entraient au Sénat, partaient tambour battant en exil ou se taisaient pour toujours, lui continuait à tenir son feuilleton et à écrire des nouvelles fantastiques, des récits de voyages et des petits vers qui, bientôt, rallieraient la génération suivante. D'ailleurs, Baudelaire l'avait bien vu, qui lui a dédié ses *Fleurs du mal*.

En principe, donc, je devais parler de Victor Hugo, qui avait connu une trajectoire exemplaire, tout en écrivant de jolies petites comédies musicales. Mais Hugo ne me regardait pas ; il se foutait de moi. À lui n'importaient que son propre succès, sa postérité et sa belle barbe blanche. Il ne me parlait jamais vraiment en face, comme à un homme ; il s'adressait toujours un peu à quelqu'un d'autre à travers moi, à mes enfants et à leurs enfants à eux, à travers nous. Il jouait avec nos sentiments. Tandis que Théophile Gautier, dans sa préface, allait droit au but :

> «Il n'y a de vraiment beau que ce qui ne peut servir à rien ; tout ce qui est utile est laid, car c'est l'expression de quelque besoin, et ceux de l'homme sont ignobles et dégoûtants, comme sa pauvre et infirme nature. – L'endroit le plus utile d'une maison, ce sont les latrines.»

La morale (encore elle) n'avait rien à faire ici. Et la beauté n'avait rien à voir avec la noblesse de nos sentiments. C'était une leçon difficile, qui pouvait aussi se comprendre comme une règle de vie – enfin, une anti-règle de vie. Par surcroît, Théophile Gautier me vengeait du destin, qui avait voulu que je sois chargé de cours plutôt que poète, joueur de hockey professionnel ou, mieux encore, rentier. De sorte que, chaque automne, je lui redonnais raison sur ses contemporains et rivaux, comme sur les historiens qui l'avaient relégué à une note en bas de page, dans leurs articles consacrés aux salons romantiques ou au phénomène des Jeunes-France.

Mais, ce jour-là, ses latrines m'avaient valu un tel succès auprès de mes étudiants que je m'étais permis de lire un autre passage de son livre, celui-là tiré du roman en tant que tel, et où il était question d'une dispute matinale entre le héros et sa maîtresse. Il s'agissait d'un dialogue théâtral dont je jouais chacune des parties. Dès la deuxième ou troisième réplique, je me suis rendu compte de mon ridicule. Les échanges étaient assez clairement connotés sexuellement, et cette lecture me paraissait de plus en plus déplacée. Les étudiants riaient, mais il était difficile de déterminer s'ils le faisaient de bon cœur ou parce qu'ils étaient gênés. Tout en poursuivant ma lecture, j'ai calculé qu'il aurait été encore pire d'arrêter à ce moment, alors j'ai joué le jeu jusqu'à la fin, en essayant de ne pas penser à ce que j'étais en train de faire. Après quoi je me suis tu et pendant une seconde ou deux j'ai eu envie de disparaître, mais comme presque toute la classe a éclaté de rire, j'ai souri moi aussi et j'ai enchaîné avec Alfred de Musset, qui n'a ému personne.

Après le cours, une fille s'est approchée de mon bureau, et j'ai regretté de ne pas avoir de gomme ou de bonbon à la menthe avec moi. J'avais bu au moins trois cafés depuis le matin et, avec la poussière de craie que j'avais soulevée en écrivant au tableau (poussière que je finis toujours par respirer), j'avais comme une pâte brune et malodorante dans la bouche. La fille voulait savoir si je désirais assister à une soirée de lectures qu'elle organisait pour le compte de son association étudiante. Un «écrivain confirmé» du genre de Maxime-Olivier Moutier devait dire quelques mots de son parcours et lire un texte. Puis, des «poètes en herbe» prendraient le micro et on resterait pour prendre un verre. Sans être vraiment très belle, la fille se tenait tout près de moi et j'avoue que, pendant une seconde, j'ai pensé lui demander si elle avait l'intention, non pas de lire des textes au cours de cette soirée, mais d'y boire plus que de raison – alors qu'au temps d'Evelyn je ne l'aurais même pas regardée.

Une année plus tôt, Evelyn et moi serions allés à cette soirée ensemble. On se serait assis au bar et on aurait commandé des gin-tonics, sans excès. Je me serais efforcé de ne pas montrer le malaise que la grandiloquence poétique de mes étudiants aurait fait naître en moi, n'y serais pas toujours arrivé, et Evelyn m'aurait dit de ne pas donner ma détresse en spectacle. Et puis, on serait partis et, à mon autorité d'enseignant – cet ascendant de l'âge et du savoir –, j'aurais ajouté auprès de mes étudiants le prestige de sortir avec une fille comme Evelyn, qui n'avait pas de défaut plus évident que celui de sortir avec moi.

Mais là? Il était clairement préférable que je n'aille pas à cette soirée, et c'est la réponse que j'ai tenté d'articuler à mon étudiante, en tâchant de ne pas échapper mes yeux dans le décolleté qu'elle me présentait avec une négligence très bien étudiée.

14

UN HOMME BON, DOUX, SENSIBLE ET BEAU

En creusant un peu, on finit toujours par trouver un professeur qui a eu une aventure avec une étudiante. Depuis que les filles fréquentent l'université, c'est même devenu une sorte de lieu commun : on imagine le jeune prof, le jeune chargé de cours, obtenant un succès qu'il n'a jamais connu ; d'abord mal à l'aise dans ce rôle de séducteur, il tâche ensuite d'en profiter pendant que ça dure. Ou bien c'est un professeur plus âgé, abonné aux regards admiratifs de jeunes femmes plus ou moins jolies et intellectuellement accomplies, qui multiplie les aventures et les planifie comme autant d'escapades en Asie centrale, en Afrique subsaharienne ou sur les hauts plateaux de la Patagonie — ces destinations piquantes qui le changent du lit conjugal. Mais on pourrait aussi imaginer un autre scénario : à l'aube de la cinquantaine, malgré sa conscience aiguë de la jeunesse et du mauvais goût de son étudiante, il entretiendrait pendant un certain temps une relation suivie avec une Julie, une Joanie ou carrément une Jenny. En la draguant, il constaterait avec un plaisir étonné combien les choses se font facilement (un repas dans un restaurant un peu luxueux, une soirée au théâtre ou dans n'importe quel endroit qu'elle n'a pas l'habitude de fréquenter...) et il regretterait de n'avoir pas su ce qu'il sait à présent quand il avait vingt ans. Puis, en la déshabillant, monterait en lui une pensée désagréable, comme le sentiment de son affaissement physique devant cette fille si ferme, si élastique, mais aussi de son affaissement moral, à cause de la facilité avec laquelle il obtiendrait à présent ce dont il ne pouvait que rêver, plus jeune. Mais pourquoi ces pensées ? Il aurait décidé d'aller jusqu'au bout, alors il le ferait. Et ça durerait le temps que ça durerait ; ça ne serait même pas ce qui compterait vraiment.

Je suppose qu'en poussant un peu on pourrait aussi imaginer le cas de femmes attirées par leurs étudiants. Encore là, ce serait surtout la différence entre la fermeté de leurs chairs, comme entre leur statut social respectif, qui prévaudrait dans l'esprit de la prof – mais peut-être, aussi, dans celui de l'étudiant, qui, la baisant, caresserait en même temps la conscience qu'il aurait de baiser un statut et une classe supérieurs aux siens.

Ainsi les jupes droites et les tailleurs ne remplissent pas que des fonctions vestimentaires.

Quand j'étais encore au premier cycle, il y avait un professeur dont on disait qu'il avait vécu une histoire avec une étudiante. C'était à ce moment un homme d'une cinquantaine d'années, peut-être plus, désormais à la retraite. En tout cas, dans les salles de cours, à la cafétéria où les étudiants se réunissaient à l'heure du midi, la rumeur allait bon train. On racontait que cette liaison l'avait complètement retourné, qu'elle avait même fait de lui *un autre homme*.

Ce professeur, homme de culture et de savoir, aurait donc été éperdument amoureux d'une fille comme il semblait en exister des centaines autour de lui. On pouvait se demander ce qui l'avait attiré en elle et qu'il n'avait pas trouvé chez les 1 486 autres à qui il avait enseigné avant de la rencontrer. Car c'était pour elle et pour nulle autre qu'il avait quitté femme, enfants, chien, maison en ville. Elle lui avait demandé de quitter sa femme et, par suite, sa famille, pour vivre avec elle « comme des vrais amoureux ». Et lui, donc, était parti. Puis, elle avait exprimé le souhait d'avoir une grande maison en campagne, avec spa, salle d'entraînement, vue sur les montagnes et sur le lac, tout le luxe. Et lui aurait acheté une grande maison en campagne, avec spa, salle d'entraînement, vue sur les montagnes et sur le lac, tout le luxe. Du moins, c'était ce qu'on racontait. Il devait bien voir que c'était n'importe quoi, mais c'était ce qu'elle voulait, et lui la voulait, elle. C'était un assemblage inégal ; mais tout inégal, tout bancal qu'il fût, il a tout de même tenu le coup pendant deux, peut-être trois années. Puis est arrivé ce qui devait arriver, l'étudiante a rencontré un autre homme — un gars de son âge, étudiant en éducation physique — et a donc, à son tour, laissé le professeur pour quelqu'un d'autre.

Quelqu'un de plus beau, quelqu'un de plus fort et de plus jeune, n'ayant ni maison en campagne, ni poste important, ni rien.

D'une certaine manière, on pouvait envier le sort de cette fille, comme celui de ce prof. Aux yeux de mes collègues étudiantes, par exemple, ce professeur vieillissant semblait un homme profondément bon, doux, sensible – certaines ajoutaient « beau » –, et il avait, par pur amour, tout donné à une fille qui, en retour, s'était donnée à un gars ne faisant, en gros, que lever des haltères du matin au soir. Ce qui achevait de les émouvoir, c'était que le professeur, non content de s'éclipser devant son jeune rival, leur avait aussi cédé, à son ancienne étudiante et à lui, sa grande maison de campagne, avec spa, salle d'entraînement, vue sur les montages et sur le lac, tout, pour revenir en ville habiter un trois et demie à deux pas du campus, comme elles-mêmes le faisaient.

Il était leur voisin, leur semblable ; il connaissait les mêmes problèmes qu'elles, traversait des difficultés analogues. En un mot, il souffrait.

15

POUSSIÈRE SUR LA VILLE

Je ne sais pas s'il y avait la moindre chose de vraie dans cette histoire. En fait, encore à ce jour, j'ignore absolument tout de cet homme, sinon que, vers les années 1999-2000, il m'a enseigné la littérature québécoise de 1940 à aujourd'hui, en quinze séances de trois heures chacune, et que, dans le cadre de ce cours, j'ai dû lire *Poussière sur la ville* d'André Langevin – roman dans lequel on retrouve justement un homme de culture qui est fait cocu par sa jeune épouse, et qui ne tente rien, ni pour l'empêcher de le tromper, ni pour arrêter les rumeurs de courir.

Alors que la plupart des profs que j'avais eus avant lui répétaient que ce roman mettait en œuvre les conditions d'un dilemme existentialiste sur la lâcheté et l'importance de l'engagement, lui soutenait la thèse inverse.

– Au fond, qu'il disait, si le docteur Dubois ne fait rien pour empêcher l'adultère de sa femme, c'est peut-être seulement parce qu'il lui semble plus sage de ne rien faire. Parce que la seule action possible, dans le contexte qu'il connaît, est une action définitive et violente, et parce que, toujours amoureux de sa femme, il ne souhaite ni la contraindre par la force, ni la convaincre de se contraindre elle-même.

Ce professeur avait la manie de trouer ses exposés de longs silences impromptus. Il s'arrêtait comme ça au milieu d'une phrase, regardait par la fenêtre ou feignait de chercher quelque chose dans ses notes, puis reprenait exactement là où il nous avait laissés, comme si de rien n'était. C'est d'ailleurs une des premières ruses que je me suis empressé de lui piquer, lorsque, à mon tour, j'ai commencé à enseigner. Se taire, puis reprendre :

— Je ne sais pas si vous avez lu le roman jusqu'au bout, ajoutait alors le professeur dont tout le monde connaissait ou croyait connaître l'aventure avec une étudiante. Mais, à la fin, Madeleine n'est pas plus heureuse avec son camionneur qu'elle ne l'était avec son époux et, de toute façon, elle ne peut pas rester avec lui. Quant à son mari, Dubois, il ne croit même pas à la possibilité du bonheur... L'histoire se termine donc comme on le sait, mais ce qui en ressort en premier lieu, ce n'est ni la lâcheté du docteur Dubois, ni l'aliénation de Madeleine.

Silence.

— Non, ce qui ressort de ce livre, c'est le choc entre une vision du monde basée sur les notions de courage, de lâcheté et d'engagement qui sont colportées par les proches de Madeleine et de son mari, et une autre, fondée sur une sagesse alternative, imperméable au jugement des autres. Une sagesse qui implique un engagement bien plus difficile que l'engagement des existentialistes, bien plus difficile que l'engagement des héros habituels, parce que bien moins tapageur, bien moins *évident* que ceux-là. Une sorte d'engagement flottant, où le conflit est systématiquement évité et même aboli par la sagesse de celui qui n'impose pas sa liberté aux autres, mais qui accepte au contraire leur liberté et les aime, même, malgré cette liberté qui le heurte, lui.

Silence.

— De sorte que la vraie question que pose *Poussière sur la ville*, c'est celle de la désertion de son héros. Va-t-il, oui ou non, baser sa vie sur des images de la vie, des règles qui lui sont étrangères, c'est-à-dire se déserter, retirer l'appui qu'il s'était donné à lui-même jusque-là ? Prêter allégeance à ceux qui prétendent savoir ce qu'est un héros et qui l'accusent de lâcheté ?

Souvent encore je pense à ce professeur. Je pense à son histoire avec cette étudiante et à ce qu'il disait de *Poussière sur la ville*, à ses silences calculés et à ses questions sans réponse. Je pense à son petit appartement, aussi, à sa solitude et à sa sagesse, qui lui ont servi à quoi ? Et j'essaie d'imaginer ce qu'il fait pour occuper ses journées, maintenant. Il doit lire, je suppose. Faire des courses, cuisiner ? Prendre des cours de taï-chi ? Boire jusqu'à rouler sous la table ?

Un jeu, c'est tout

Le fils aîné s'est encore battu et, cette fois, il a même entraîné son frère dans la bagarre. À la maison, leur mère lui demande de s'expliquer. C'est la troisième fois ce mois-ci que la directrice l'appelle au travail pour lui dire que son fils aîné s'est battu. Est-ce qu'il tient vraiment à lui faire honte comme ça devant les gens ?

Alors, le fils aîné dit en pleurnichant qu'il y a tant de tricheurs, c'est fou. Des gars qui, au ballon prisonnier, prétendent que le ballon ne les a pas touchés, quand il est clair qu'il l'a fait. Des amis qui copient par-dessus son épaule, et même des professeurs qui s'en prennent aux élèves les plus faibles devant toute la classe, en leur demandant, par exemple, de résoudre des calculs qui les dépassent complètement. Si on s'écoutait, c'est eux qu'on frapperait, les professeurs. Mais on ne peut pas. Alors, on frappe sur les plus faibles, pour qu'enfin ils apprennent leurs tables de multiplication et cessent de se laisser humilier par leurs professeurs.

Mais il arrive aussi que le fils aîné se batte avec son frère ou avec son père. Ces batailles-là, c'est toujours pour rire. Le père, qui a acheté des gants de boxe à ses fils, les encourage à se donner des coups sur le nez, à se crever les reins, à s'arracher les cheveux et à se mordre les dents. Ses exhortations sont si grotesques que les fils ne se battent jamais par haine ni par colère. Rien de méchant, rien de honteux. Un jeu, c'est tout.

16

JE NE ME DÉSERTERAI PAS

Je ne sais pas ce qu'il avait mangé ce jour-là, mais un mardi, vers la mi-octobre, Alain s'est mis à m'interroger comme si ma psyché était la chose la plus intéressante au monde. Il était là, en avant, il parlait comme d'habitude, puis il s'est interrompu et m'a lancé que je ne pourrais pas toujours venir ici en touriste. Qu'un jour, je devrais m'ouvrir, m'impliquer. Les autres ont renchéri. J'ai dit «je m'appelle Vincent Sylvestre et j'ai un problème de consommation», mais ça ne leur a pas suffi.

— Moi, ça me dérange pas, qu'il a ajouté. Mais tu perds ton temps, ici. Je le vois ben, que tu veux rien savoir. Tu croises les bras, t'attends que ça passe... Tu fais comme si ça te concernait pas. C'est comme tu veux, mais, si je me souviens bien, c'est toi qui nous as contactés...

Je n'allais évidemment pas répondre à ça.

— Je me trompe, ou c'est toi ? qu'il m'a encore demandé, le chien.

— C'est moi, j'ai dit, en espérant qu'il passe à autre chose.

— Pis tu veux changer, ou non?

Je ne voulais plus changer tant que ça, mais il m'énervait vraiment. Et puis, j'en avais assez, de leurs misères à tous, des histoires qu'ils s'étaient imaginées et qui leur convenaient parfaitement. Plus elles étaient sordides, leurs histoires, plus elles les humiliaient, et plus ils y tenaient. Ils avaient commencé par en raconter une première version, puis, de semaine en semaine, ils y étaient revenus, l'avaient peaufinée, s'étaient habitués à ses dimensions (quitte à les forcer un peu) et avaient fini par s'y trouver à l'aise. Par s'y vautrer. De leurs malheurs, ils s'étaient fait comme une seconde peau, qu'ils n'auraient abandonnée pour rien au monde. Cette seconde peau les définissait. Ils étaient devenus « Celui-qui-a-touché-le-fond », « Celui-qui-a-forcé-sa-blonde-à-se-prostituer », « Celle-qui-a-tout-perdu-même-ses-dents ». Ces histoires, ils en avaient besoin. Pas question d'en changer une virgule.

Alors, j'ai répété que je m'appelais Vincent Sylvestre. Puis, je ne sais pas pourquoi, j'ai pensé à mon ancien professeur, et j'ai raconté son histoire — son aventure supposée, son cours sur *Poussière sur la ville*... Ça m'a pris une bonne vingtaine de minutes.

Après, Alain a voulu savoir pourquoi j'avais choisi de parler de ça; pour quelles raisons, au lieu de revenir sur ma dépendance et sur le mal que j'avais fait dans ma sale vie d'universitaire fini, j'avais évoqué cet homme si bon, si doux, si sensible (et peut-être si beau, à sa manière tordue et attendrissante) et son rapport à la lâcheté et à la sagesse. Mais il ne pouvait pas comprendre. Ce professeur, c'était exactement le type d'homme que je fréquentais dans ma vie, qu'il me faudrait fréquenter jusqu'à la fin de mes jours : le genre d'être humain capable de vous faire prendre votre lâcheté pour de la sagesse, votre courage pour une chose ridicule et vaine. Le genre d'homme avec qui il est inutile de discuter, parce qu'il vous concède à l'avance l'idée même de la victoire.

– Et alors ? a encore demandé Alain. Est-ce que ce n'est pas une belle preuve de son humanité ?

– Justement, j'ai dit, c'est la meilleure. Si vous saviez, vous autres, dans ce monde en apparence si délicat, si « élevé » de l'université, la quantité de requins qui t'attendent dans le tournant... Un homme comme celui-là, c'est une vraie bénédiction. Quelqu'un qui refuse jusqu'au principe de combat, quelqu'un qui refuse jusqu'à la notion de concurrence... « Nous ne sommes pas des concurrents, qu'il disait tout le temps, nous n'avons pas besoin de jouer ce rôle. »

– C'est vrai, a dit Alain.

– Oui, c'est vrai, j'ai dit.

Mais je n'ai pas pu m'arrêter là, ou plutôt je n'ai pas su le faire. J'avais ouvert une porte, et elle n'allait pas se refermer si facilement. Il y avait des tas de choses qui me revenaient de ma vie d'avant, et je savais que je ne pourrais pas les laisser sortir sans me mettre à pleurnicher comme un gars assez cave pour suivre une thérapie, alors je me suis dit tant pis, autant les cracher d'un coup, quitte à me laisser gagner par la colère. Après tout, c'est ce qu'ils veulent, des aveux, du vide.

— On n'a pas besoin de jouer ce rôle, j'ai repris. C'est vrai. Mais moi, ça me détruit, cette pensée. Je veux dire : tout nous pousse à nous opposer les uns aux autres. C'est une pensée qui me vient constamment en tête : les commerçants se disputent les mêmes marchés, les consommateurs, les mêmes denrées, les hommes font la queue pour coucher avec Scarlett Johansson, les femmes pour se faire engrosser par George Clooney... Et moi, là-dedans, je devrais avoir assez de sagesse pour m'éclipser, pour *céder ma place* ? C'est ça ? Je ferais preuve d'une si belle humanité que je laisserais n'importe quel imbécile, n'importe quel bavard avoir le dernier mot ? C'est ça qu'il faut ? Que j'obéisse ? Que je fasse tranquillement mes petits devoirs de littérature qui ne dérangent personne et que j'arrête de boire ? Que je renonce à la coke et aux femelles de première classe ? Que je montre mon cul, en signe de soumission ? Je m'excuse, mais non — en fait, je ne m'excuse même pas : ça ne sera pas possible. Je me fous du nombre et de la force de ceux qui veulent me dire quoi faire, quoi dire, quoi penser, quoi ressentir, *qui être*. Je suis Vincent Sylvestre — je ne sais pas si vous vous en souvenez. Je m'appelle Vincent Sylvestre, je suis accroché à tout ce qui accroche, et vous pouvez m'enfoncer tout le savoir-vivre que vous voulez dans la gorge, vous pouvez transposer mon désir d'aventures en amour des lettres, vous pouvez même me donner le goût de ce savoir-vivre et de cette culture, faire de moi un homme civilisé, doux, sensible et bon, mais il y a certaines choses à propos desquelles je refuse de transiger. Je m'appelle Vincent Sylvestre. Je suis accroché à tout ce qui accroche *et je ne me déserterai pas.*

Après, il y a eu comme un petit froid. Les autres ont regardé leurs mains, leurs pieds, joué avec leurs bagues ou leur barbe, tiraillé leurs points noirs. Même Alain a mis du temps à se recomposer, et, à un moment, j'ai entendu Alexandra se gratter à travers ses jeans. Je l'ai regardée : elle avait peut-être déjà été une femelle de première classe, mais elle avait prématurément glissé hors de cette catégorie, et j'ai senti que je devais faire quelque chose pour m'amender. Je ne pouvais pas laisser toutes ces possibilités en suspens. Après tout, je ne m'étais pas déplacé pour insulter des gens, et encore moins pour leur gâcher la vie (ça, la vie s'en chargerait très bien toute seule, je n'étais pas inquiet). J'étais là... Je ne savais pas pourquoi j'étais là. Pour chercher du réconfort ? Pour me prouver que je faisais des efforts, que j'avais encore envie d'être un humain et de vivre parmi d'autres humains ? Mais non. De ça aussi, il me semblait que j'aurais pu me passer. Ce que je voulais, c'était seulement me vider – la tête, les couilles, les tripes, le cœur – et me remplir d'autre chose. D'une chose belle et douce et bonne. D'une chose nouvelle et propre, sereine.

Puis, Alain a repris la parole. Il ne pouvait pas nous laisser comme ça, avec ces pensées à la fois si éloignées et si proches de ce qui nous amenait à le consulter, une fois par semaine. Il a donc prononcé quelques mots sur la multitude des chemins menant à la guérison et sur l'importance de se soutenir les uns les autres. Que nous fussions simplement courageux au quotidien, ou de grands sages comme mon ancien professeur de littérature québécoise, nous devions trouver en nous assez de force pour continuer d'avancer sur la voie de la paix intérieure.

Quand Alain a prononcé ces mots, quand il a dit «la voie de la paix intérieure», j'ai cru que j'allais exploser. Que, cette fois, ça y était, j'allais me mettre à pleurer. Mais non. De larmes, au moins, j'étais vide.

Et nous nous sommes levés et nous avons marché. Doucement, en silence, nous sommes sortis. Suivant le même rythme, nous avons regagné nos existences respectives. Des agneaux. Des vrais agneaux qu'on menait à l'abattoir.

Encore une fois, Robert m'attendait à l'extérieur. Un large sourire fendait son visage.

Ni lui ni moi ne retournerions jamais aux N.A.

À l'école du père

Un jour, le père emmène ses garçons à l'école où il travaille. La mère lui a peut-être fait savoir qu'elle ne pouvait s'occuper d'eux tous les jours, qu'elle aussi a un emploi – ça n'a pas d'importance. Les fils, avec leur père, se pavanent dans les corridors de l'université, cette ville dans la ville, construite à flanc de montagne dans les années 1960 et 1970 et qu'on appelle déjà le campus principal.

C'est dire que le père, en son temps et à sa manière, a lui aussi monté des plans de cours, donné des communications, contribué à la science. Comme le fils aîné le ferait plus tard, il a présenté des demandes de subvention, côtoyé des gens remplis du sentiment de leur importance, donné son avis sur de cruciales questions de procédure et de protocole. Dans ce monde, le père a trouvé une place et sans doute quelques raisons d'y tenir. On peut même penser qu'il y a rencontré quantité de gens intéressants, voire qu'il s'y est fait des amis, des maîtresses.

Dieu sait que le père n'était pas un enfant d'école non plus. Bien des gens, en fait, devaient le tenir pour le prototype même de l'ignoble universitaire, capable de vous descendre dans un colloque pour le simple plaisir de régler de vieux comptes en souffrance.

Mais, ce jour-là, les fils qui le talonnent dans la faculté de pédagogie n'en savent rien et le regardent comme le plus grand, comme le plus brave et le plus digne de tous les hommes.

17

APRÈS L'URGENCE

Il y avait un moment que j'essayais de le joindre, mais il n'y avait plus d'abonné au numéro que je composais. Emmanuel, mon petit frère, se passait à présent des moyens de communication les plus élémentaires. Il était devenu un sauvage, après avoir été, dans l'enfance, tour à tour Indien, Tigre tamoul et tigre des neiges ; cow-boy, vedette de hockey et chasseur de trésors ; *street fighter*, architecte et charpentier-menuisier, monstre du Loch Ness, gérant d'estrade et combien d'autres choses, n'excluant à peu près que les « métiers de filles » et ceux que notre père nous avait appris à mépriser.

Pour le retrouver, j'ai stationné mon auto dans sa rue et j'ai fait le guet pendant deux heures en écoutant la radio et en m'imaginant je ne sais quoi qui ne s'est pas produit. Vers l'heure du souper, il s'est amené dans des vêtements trois fois trop grands pour lui, l'air de n'avoir pas mangé depuis des jours. Je suis allé à sa rencontre et je lui ai proposé d'aller boire une bière. Il a regardé son poignet comme s'il cherchait l'heure, mais il n'avait pas de montre. J'ai dit : « Il est six heures et demie, attends-tu quelqu'un ? » Il a répondu que non.

— Qu'est-ce qu'il y a ? j'ai demandé.

— Je sais pas. Y a rien.

— Je t'invite, j'ai tranché.

— C'est pas ça.

— C'est quoi, d'abord ?

— C'est rien, je te dis.

— Bon, ben, viens-tu ?

Il a encore fallu qu'il entre et qu'il se lave. Il faisait du bruit dans la salle de bain pendant que j'essayais de ne toucher à rien dans la cuisine. Trois ou quatre chats vivaient dans son deux pièces, et une odeur épouvantable montait à la tête dès qu'on y entrait ; il y avait du poil partout, des bols de bouffe à chat et rien dans le frigo. J'ai dit :

— T'as même pas de bière ? T'es pauvre en calvaire.

— C'est pas ça, il a fait. J'arrête. Je veux dire : j'essaye d'arrêter.

C'était le genre de choses que je pouvais comprendre.

— Et de manger aussi, t'essayes d'arrêter ? j'ai ajouté en jetant un œil au garde-manger.

Mais je n'ai pas insisté.

Quand il est sorti de la salle de bain, il avait passé un jeans, un t-shirt et une veste montrables, et on est allés manger et on a bu deux pintes. Emmanuel ne disait presque rien. Il regardait le serveur, comme s'il attendait le moment de l'addition, qui serait aussi celui de la délivrance. Et moi, je nous revoyais à l'époque où rien n'était plus important, où rien n'était plus urgent – ni les filles, ni la littérature, ni le hockey, ni rien de ce qui nous occupait alors – que de nous retrouver comme ça, à nous saouler entre frères. Il y avait aussi Thomas, notre ancien voisin, avec qui j'avais étudié, et toute la semaine on y pensait. Puis, la fin de semaine venue, on s'y mettait. Ce n'était pas particulièrement intelligent ni constructif, mais c'était la vie, c'était *notre* vie et, d'une certaine manière, ça compensait pour les filles, pour la littérature et pour le hockey.

Mais Emmanuel avait changé. Thomas aussi, d'ailleurs. Ou bien c'était moi qui avais perdu de l'entrain. En tout cas, ce n'était plus pareil.

Après le repas, on a encore pris une bière en regardant dans le vide, puis Emmanuel a dit qu'il allait rentrer. J'ai essayé de le retenir, mais il ne voulait pas rester. Il a dit :

– C'est ben fin, là, mais je peux pas. Je peux pu. J'arrive presque plus à manger, encore moins à me saouler, ça fait que...

– Qu'est-ce qu'il y a ? je lui ai encore demandé.

Mais il n'y avait rien ; il n'y avait jamais rien, avec lui. Il a dit qu'il avait des choses à faire. C'était sûrement un mensonge, qu'il racontait pour me ménager. J'aurais voulu lui parler, lui demander s'il était amoureux ou s'il manquait d'argent, mais je lui ai seulement demandé si ça allait.

– Ben oui, il a dit. Ça va. C'est juste que si je vais me saouler avec toi, je sais exactement comment ça va finir et ça me tente pas. Pendant un bout de temps ça va être le fun, pis là, tu vas me parler de notre enfance ou des filles ou des fois où tu te fais couper dans une file ou que t'entends quelqu'un mentir à la télé. Pis ça sera pu le fun. On va continuer de boire, mais tu vas vouloir autre chose, tu vas chercher plus loin, pis comme de raison tu vas trouver ce que tu cherches pis ça va encore mal finir pis j'aimerais juste ça me coucher de bonne heure pis me réveiller correct. Peut-être rien d'extraordinaire, là, mais correct, tu sais ? Capable de travailler, capable de parler normalement au monde. Capable de passer à travers ma journée sans me dire que ça serait ben mieux si on était en camping ou quelque chose. Sans haïr la moitié de la planète. Tu comprends-tu ?

J'ai dit : « Oui, je comprends. » Et j'ai ajouté « Je m'excuse », aussi, je ne sais pas pourquoi. Puis, j'ai payé et je suis allé le reconduire. Je me suis stationné devant chez lui et j'ai laissé tourner le moteur. Il a ouvert la portière, est sorti, a dit « bye, c'était ben le fun, là » et il s'est éloigné.

Je suis resté au coin de sa rue encore deux minutes et j'ai à nouveau pensé à l'époque où on passait des heures à chercher la valeur de nos cartes de hockey dans le *Beckett* ; à celle où un feu de camp pouvait nous occuper pendant toute une soirée et où boire de la bière en silence ne nous posait aucun problème, à condition qu'on se sente partie prenante d'un clan, d'une équipe. J'ai regardé Emmanuel grimper son escalier, et c'était comme si, au même moment, quelqu'un entrait chez moi par effraction, virait tout à l'envers et me volait. Et la seule chose qui me restait, c'étaient des souvenirs. Des souvenirs et des histoires.

Ces histoires, je les voyais ouvrir la porte d'un appartement du centre-ville où je n'habitais pas, la refermer derrière elles et reprendre le cours normal de leur vie, tandis que je retournais à la mienne, sans faire crisser les pneus de ma voiture, sans klaxonner ni accélérer en fou. Sans rien.

18

CHAMPIONS DE LA MASTURBATION

Plus tard dans la soirée, j'ai appelé Robert, qui est venu me chercher. Il était passé onze heures et, pour la bière, on a dû s'arrêter en chemin dans un bar à Richmond. Le barman voulait bien nous vendre une 24, mais il ne pouvait pas nous la laisser sortir comme ça. Alors on lui a pris une caisse, on a mis les bouteilles décapsulées dedans et on les a apportées comme ça, sur mes genoux, dans le pick-up de Robert.

Il était presque minuit quand on est arrivés chez lui. À minuit et demie, on était saouls et, dix minutes plus tard, Robert me montrait comment dépecer une bête de trente kilos avec un couteau assez gros pour trancher un homme en deux. Mis en train par mon incompétence, il a commencé à me raconter comment il avait appris à apprêter les carcasses des animaux qu'il chassait ; à les éviscérer, d'abord, puis à les dépouiller et à les nettoyer, et enfin à les dépecer et à les cuisiner.

– Tu veux pas manger une bête dépecée n'importe comment, qu'il a dit. Tu peux te rendre malade avec des affaires de même.

À mes questions, il a répondu qu'enfant c'était comme ça qu'il voulait gagner sa vie, en pistant et en trappant, comme guide ou comme *ranger*, en forêt. N'importe comment, en fait, sauf en travaillant dans une usine, « sur une *fucking* chaîne de montage ».

Sauf qu'un jour son père s'est fait prendre pour autre chose que du braconnage, et on l'a mis en prison. Ce jour-là, Robert a déménagé à Danville chez sa grand-mère, qui l'a placé devant un choix : ou bien il terminait ses études secondaires, ou bien il allait travailler à la mine d'amiante, ou bien il se trouvait un autre endroit où habiter.

Peu de temps après son embauche à la mine, la compagnie a fermé à cause des nouvelles normes environnementales ou de la santé publique, et Robert a dû se trouver un autre emploi. C'est comme ça qu'il est devenu marchand de bonheur. Trois mois plus tard, il était admis pour un stage intensif à la prison Talbot, dans l'Est de Sherbrooke. Son père, lui, en était sorti. Mais il ne l'avait dit à personne et s'était évaporé dans la nature.

Robert avait laissé la caisse de bières ouvertes à nos pieds, sur la véranda. On se servait dedans et on allait pisser au bout de la galerie, du côté de la route. C'était un peu frisquet. Robert n'arrêtait pas de parler. C'était quand même incroyable, ce qui nous séparait. Pendant que j'avais fait des hautes études en littérature française, lui avait fréquenté « l'université de la vie » en compagnie de camarades proxénètes, cambrioleurs et délinquants sexuels. J'osais à peine m'imaginer ce que ça devait être, et le regardais avec une curiosité absolument démesurée en me demandant ce qu'il avait appris exactement « en dedans », et s'il n'en mettait pas un peu, quand il me faisait le compte rendu de ses fautes. Manquer de chance à ce point, naître dans une famille où on avait deux langues secondaires et des économies pour une fin de semaine de beuverie, non, c'était une farce, ça ne se pouvait pas.

– C'est quand même con qu'on envoye le monde en prison pour des affaires de même, a dit Robert. *I mean*, tout le monde est plus ou moins *high on dope* – c'est juste le sorte de *dope* qui change, dans le fond. Personnellement, je connais des vrais champions de la masturbation, des gars pas capables de sortir de chez eux sans se crosser – avant le travail ils se crossent, avant une entrevue ils se crossent, avant de faire l'amour à leur femme ils se crossent. Pis si c'est pas ça, ben c'est autre chose : le jardinage ou ben la télé ou le café ou le *gym*... Les grandes causes comme sauver la planète, aider les pauvres ou guérir le cancer. *Hell*, c'est toutes des affaires pour pas penser à toé, ça... des affaires pour t'aider à toffer la *run*.

Alors, il s'est levé, est allé pisser au bout de la véranda, et j'ai essayé de ne pas regarder, mais je l'entendais quand même. Il est revenu avec deux bières et m'en a tendu une :

– Prends les *Narcomaniacs*, par exemple : ceux qui s'en sortent, je veux dire, ceux qui réussissent à arrêter pour toujours, c'est toutes des maudits *freaks*. Des gars qu'on devrait envoyer en dedans tout de suite : des *Jesus freaks, goddam born-again freaks* qui pensent toujours qu'ils ont raison… *workaholics* finis, quand c'est pas carrément des gars *totally strung out on power*, des vrais boss de bécosse, des gars qui bandent pas s'ils ont pas donné un ordre dans la journée, s'ils ont pas fait pleurer un employé, sacré après un fournisseur, je sais-tu, moé ? Pis c'est de même partout : des *freakin' politicians* qui sont pas là pour changer le monde pantoute – s'ils seraient là pour changer le monde, ben le monde serait changé depuis longtemps, calvaire ! Des artistes *addicted to love*… Envoyez, bande de caves, achetez-en, des *records*, pis allez-y, voir des films pis des spectacles, pis lisez des livres, ostie !… Si vous pensez que c'est vraiment pour vous autres que vous le faites… Pis si c'est vraiment pour vous autres, ben je pense que c'est encore pire, câlisse ! Vous allez vous en vanter après, dire que vous connaissez ça, en parler pis avoir l'air *smart*… C'est rien que pour vous en servir après, que vous le faites, pis pour vous faire aimer… De la *dope*, Vincent, je te le dis, moé, rien que de l'ostie de *dope… Saving the planet ? Reading, writing a novel ? Snorting cocaine ? Same fucking thing.*

Vers trois heures du matin, Robert est allé se coucher et, de mon côté, je me suis étendu sur le divan, où je me suis endormi. Dans la nuit, une envie de pisser m'a réveillé. La noirceur était totale, opaque, mais je n'ai eu aucun mal à trouver mon chemin vers le bout de la galerie, dehors, ni pour revenir dans le salon. Je m'étais orienté au radar, sans frapper aucun meuble, rien, comme si je vivais là depuis des années et que je connaissais le nombre exact de pas qui séparaient le bout de la galerie du divan, les angles précis qu'il fallait emprunter pour entrer et pour sortir de cette maison sans se cogner de tibia ni faire de vacarme.

19

THOSE WERE THE GOOD TIMES

Dans le temps où il travaillait à la Domtar, Robert avait un bon chum, un gars de Danville – Dan, justement, qu'il s'appelait. Robert m'a raconté comment c'était quand ils sortaient en ville, tous les deux. Je voyais très bien leur histoire adaptée au cinéma : *La Terreur des Cantons*, ça s'intitulerait. Une sorte de *road-movie* un peu ennuyant, tourné par Wim Wenders dans une région du Québec que personne n'aurait l'idée de visiter, avec Joaquin Phoenix sans bec de lièvre ou Viggo Mortensen en plus maigre et en plus commun dans le rôle principal.

– À Windsor, qu'on allait. Les plus belles danseuses du coin. *And believe me, I can tell a good one from a bad one.* On sortait en masse pis on buvait pis on avait ben du fun. *Those were the good times.* Pis, un jour, il a arrêté, mon chum. Il m'a dit : « Bob, ça peut pu continuer de même, faut que j'arrête à c't'heure. La *booze*, la coke, tout ça... Quand j'arrive chez nous le matin, je pense à mon vie pis à ma blonde qui veut des enfants pis à tout ce qu'il faudrait que je fasse pis que je fais pas, pis je suis pas sûr de pouvoir continuer de même ben longtemps.» Ça fait que c'est ça. Un jour, il m'a dit qu'il allait arrêter, pis il a arrêté, *as simple as that*. Il est pas mort, il est pas tombé malade, même pas rien. *Nothing flashy, really, nothing worth telling*... Il a juste arrêté, *you know*, comme ça, *he quit*. Après, c'était pu pareil, pu pareil pantoute. Je sortais encore, avec les autres gars de la *shop* ; je buvais autant, je sniffais autant, mais c'était pu pareil. C'était... je sais pas. *Those were the good times.*

20

RÉVOLUTIONS DÉRISOIRES

On arrivait à cette époque de l'année où les Français se révoltaient une autre fois contre leur roi pour se réveiller avec un second empereur, qu'on appelait le Troisième. Sur les barricades, toutes sortes de jeunes gens « donnaient le coup de feu ». Lamartine y allait de discours inspirés, puis Victor Hugo se faisait élire du côté des conservateurs avant de s'enfuir devant le succès de ses amis. En quelques années, tout se tasserait. Ces écrivains, ces révoltés vieilliraient un peu, mais pas suffisamment pour éviter les mêmes erreurs, une vingtaine d'années plus tard.

Déçus, la plupart des poètes et des romanciers dont je parlais en classe se détournaient de la vie publique pour se concentrer sur ce qui faisait l'essentiel de leur pratique et qui manquait encore si cruellement à notre monde : le travail de la forme. Baudelaire établissait des correspondances entre les parfums, les couleurs et les sons ; Rimbaud, entre les voyelles et les couleurs ; Flaubert, entre l'histoire récente et la vanité de l'héroïsme ; et moi, entre le temps qu'il faisait et mon air maussade. À la télévision anglophone, on apprenait qu'un joueur de hockey souffrait de douleurs persistantes au *spleen* ; on devrait l'opérer. Je n'avais jamais pensé que le spleen était autre chose qu'un état d'âme et, pour un peu, j'aurais maudit tous les poètes, dont la fréquentation ne me servait décidément pas à grand-chose.

Comme la poésie, le *spleen* était un organe fragile, aux fonctions incertaines. En français, ce n'était qu'un mot de quatre lettres, pouvant aussi désigner la femelle d'un horrible petit rongeur, et dont on pouvait le plus souvent se passer, de la même manière qu'on pouvait vivre sans rire et sans le savoir, la tête ailleurs. Devant mes étudiants, j'essayais de paraître intéressé par les prouesses mallarméennes et les *Lettres du voyant* de Rimbaud. Mais je ne ressentais de sympathie que pour le Rimbaud qui s'était inventé un destin de trafiquant d'armes, était parti en Abyssinie et n'était revenu que pour crever, pitoyable et vaincu, dans les bras de sa mère. C'était là qu'à mes yeux résidait sa poésie la plus juste : dans un jeu qui n'était pas que formel, dans un savoir qui dépassait celui, livresque et ennuyant, que je m'efforçais de partager. Et pourquoi j'aurais ces bras et ces jambes, pourquoi tant de bêtise, si je ne devais pas mener de soulèvement populaire, participer à une croisade ni devenir tueur à gages ? Dire qu'on ne peut même pas blâmer la vie, tant il est normal et même souhaitable qu'elle soit aussi attendue, policée.

Croulant sous les lectures, la préparation de leurs examens de mi-session et les travaux, mes étudiants ne se donnaient même plus la peine de suivre mon laïus sur la vie moderne et l'esprit de révolte. L'un d'eux dormait carrément, pendant qu'une fille manipulait un petit engin sous son bureau, comme si je ne pouvais pas deviner ce qu'elle était en train de faire. Envoyer des textos ? Se masturber ? Pendant un instant, j'ai cru que j'allais enfin passer aux aveux, admettre que j'en avais assez de la littérature, assez du mois d'octobre et de leur fainéantise à tous, et leur crier qu'ils devraient me destituer. Jouer, par anticipation, l'épisode de la Commune, ici même, avant que la Troisième République, dans la personne du directeur du Département, ne revienne assurer la paix, c'est-à-dire tuer ce qu'il y avait de plus vivant en eux, si tant est qu'ils eussent une vie en dehors de leurs fonctions estudiantines. Oui, je me suis bien vu leur dire que je n'en pouvais plus de me tenir là, gesticulant au milieu de rien, et que j'aurais donné n'importe quoi pour sentir que ma vie pouvait encore basculer dans l'ivresse ou dans l'extase, capoter dans les cataclysmes et la mort. Mais je suis resté tranquille, en parlant à ma douleur avec toutes sortes d'exclamations en « Ô ». Et, comme d'autres cœurs tendres avant moi, je me suis contenté de dire que j'aurais voulu...

... tant ce feu me brûle le cerveau
Plonger au fond du gouffre, Enfer ou Ciel, qu'importe ?
Au fond de l'inconnu pour trouver du Nouveau !

La première fois

Il est difficile de dire si ce sont les amis du fils aîné qui ont une mauvaise influence sur lui ou bien si c'est lui qui exerce une mauvaise influence sur eux. Mais, d'un sous-sol de bungalow à un chalet ici et là, de la maison abandonnée des parents d'Untel à ce point du Bois Beckett où ils se réunissent autour d'un feu de camp, ils ne mettent pas beaucoup de temps à entériner leur communauté de vues sur le monde, dans un mélange de bière, de pot, d'acide et d'acrimonie. Et de gorgée en bouffée, de bouffée en nausée, un jour, ils se retrouvent devant une table où sont alignés quelques précieux grammes de poudre blanche.

Avant que le fils aîné se penche sur une ligne et l'aspire, un sentiment l'envahit qu'il n'a pas éprouvé depuis des années. Quelque chose comme de l'angoisse, l'impression un peu naïve de poser un geste vrai. Et il tremble ; il essaie de ne pas le montrer, mais il tremble. Il se demande même s'il ne va pas vomir ou avoir la diarrhée. Mais non. Il se penche, renifle une ligne, relève la tête, regarde ses amis, puis en lui-même.

D'abord, rien ne change. Seule la nervosité disparaît, puis quelque chose d'autre monte en lui : au début, ce n'est qu'une sorte d'enthousiasme ou de sérénité, suivie d'une vraie gaieté et de la certitude que tout se résume à sa présence, ici et maintenant, avec ces gens. Une grande acuité, à laquelle la conscience du caractère artificiel, temporaire, de la situation n'échappe pas, mais qui est aussi assumée en tant que telle, et qui est comme le dépassement du naturel et de l'artificiel, l'accord, enfin, de soi à soi.

Et à cet instant précis, le fils aîné sait très bien qu'à l'avenir il lui arrivera souvent de se pencher sur des petites lignes blanches et de les respirer. Et il sourit à ses amis, d'un sourire large et ouvert comme il n'en a pas eu depuis longtemps, et il se sourit à lui-même, aussi, d'un sourire plein de canines et de bonheur.

21

UNE JOIE INOUÏE

J'ai voulu profiter des jours suivants la fin de la Commune pour avancer dans ma correction, réviser quelques-uns des cours que j'allais encore devoir donner d'ici la fin de la session et relire ce que j'avais écrit de ces pages jusqu'à maintenant. C'était le temps d'un premier bilan, ce qu'on appelle à l'université la « semaine de lecture » : une occasion rêvée de se donner des objectifs qu'on n'atteindra pas. J'avais déjà usé deux stylos rouges dans la semaine et, en fouillant dans les tiroirs de mon bureau pour en trouver un autre, je suis tombé sur un ancien carnet d'adresses. Il y avait là-dedans le nom d'une bonne douzaine de filles à qui j'avais menti comme ça ne devrait pas être permis, même si la plupart du temps je l'avais fait à la manière d'Adolphe, c'est-à-dire en toute bonne foi, en pensant bien faire. En retrouvant leur numéro de téléphone et leur adresse, je me revoyais à dix-neuf, vingt-trois ou vingt-huit ans, alors que je les fréquentais avec plus ou moins d'ardeur et d'assiduité. Puis, j'ai retrouvé l'adresse d'Evelyn, que j'avais classée dans les *M* : 819 563-..., 254, rue Vimy, app. 3.

Dans cet appartement situé sur une rue commémorant l'une des batailles les plus sanglantes de la Première Guerre mondiale, j'avais connu quelques-uns des moments de plus grande tendresse, d'amour et de sollicitude de toute ma vie d'adulte. C'était absurde. J'étais seul, j'étais libre, je n'avais plus ni bonne ni mauvaise intention, et j'étais là, à me morfondre dans mon logement en désordre. J'ai donc tout laissé en l'état (mes copies d'examen, mon carnet d'adresses, mes regrets) et je suis sorti.

Il était peut-être neuf ou dix heures du soir et il faisait anormalement chaud. Je portais des jeans, un t-shirt et une veste noire — mon déguisement officiel de chargé de cours en semi-goguette : juste assez débraillé pour ne pas avoir l'air d'un homme d'affaires, juste assez habillé pour montrer qu'il a de l'instruction.

J'ai descendu la rue Montréal, en pensant combien il était ironique qu'il s'agisse d'un sens unique donnant sur un pont. Puis, j'ai tourné à droite sur Dufferin ; j'ai regardé par terre en passant devant le seul bar gai de Sherbrooke, traversé un pont, pris par le carré devant l'hôtel de ville, et voilà, je marchais plein sud en suivant la rue nommée en l'honneur de ce général anglais qui avait battu Napoléon à Waterloo (un petit bled pas très loin de Bromont, que j'aurais bientôt l'occasion de visiter). Sur King, j'ai pris à gauche et je suis entré dans le premier bar que j'ai vu.

La serveuse m'a aussitôt fait un signe et m'a apporté un gin-tonic sans que j'aie eu à lui adresser la parole. Je n'avais aucun souvenir d'elle, et c'était sûrement aussi bien comme ça. J'ai dit merci, elle a fait: «Je mets ça sur ton *bill*. Oublie-moi pas, cette fois-là.» J'ai souri comme si je comprenais.

Puis, je me suis intéressé à ce qui se passait autour de moi. Il y avait vraiment toutes sortes de monde, à cet endroit: des groupes de jeunes, bien sûr, mais aussi d'authentiques adultes, en couple ou entre amis, et certains avec des têtes blanches, confortablement installés sur les banquettes du fond. Et je me suis revu dans mon habit de chargé de cours, avec mes cheveux gris-mais-pas-trop, entre deux âges, entre deux situations professionnelles et peut-être entre deux blondes. J'ai fini mon gin-tonic et je suis passé au whisky.

Plus j'étais saoul et plus je regardais les filles. Il y en avait beaucoup, mais celles qui retenaient mon attention étaient toutes extrêmement jeunes, minces et jolies. Dans quelques années, elles seraient moins jeunes, moins minces, mais sûrement plus jolies et, surtout, meilleures au lit. Elles sauraient mieux comment s'habiller, et se déshabiller. Elles n'éprouveraient plus cet agaçant désir de bien faire, comme des étudiantes traînant leurs devoirs jusque sous les couvertures. Et puis, elles auraient envie de jouer, ce qui valait bien des rides et des cheveux gris.

J'ai regardé ma montre. On était à ce moment de la soirée où on peut encore rester civilisé, mais où l'appel de l'inconscience, tout au bout de l'ivresse, se fait déjà entendre. J'ai réglé ma note et je suis sorti. J'avais envie de faire un tour, d'étirer le temps. J'ai traversé la rue King. Sur Wellington Sud s'ouvrait le domaine des Hell's Angels, qui avaient déjà eu un bunker un peu plus bas, vers Lennoxville. Nul doute que la plupart des bars de Sherbrooke étaient plus ou moins liés aux motards, mais, à partir d'ici, ça se voyait. Passé le vernis bo-bo de la rue Wellington Nord, la plupart des commerces livraient exactement la marchandise qu'ils annonçaient : l'Hyper Sex, le Studio Sex, l'Armée du Salut, et tous ces bars dont seule une solide tradition de *binge drinking* justifiait l'existence. En passant devant le Studio Sex, j'ai un peu ralenti et j'ai aperçu des gens qui, au loin, me faisaient des signes. C'étaient d'anciens étudiants qui fêtaient la relâche. Ils se sont approchés, ont regardé le Studio Sex, et j'ai vu deux ou trois pensées traverser leur esprit. Finalement, ils m'ont invité à les rejoindre dans une salle de billard adjacente, et j'ai accepté.

Parmi eux, il y avait Dany, un garçon très drôle qui m'imitait en bafouillant sans arrêt. Il disait n'importe quoi sur Théophile Gautier ou sur Émile Zola, puis fixait le vide pendant de longues secondes ou faisait semblant de chercher quelque chose dans une montagne de notes imaginaires. Il se moquait aussi de ses amis, à qui il imposait des rôles de cancres. Je me demandais un peu qui, de la copine d'un de ses amis ou de moi, il essayait d'impressionner. En tout cas, il était très saoul et parlait maintenant d'aller dans un autre bar, où il y aurait plus de filles. Je l'ai aidé à finir son pichet et je l'ai suivi.

Dans l'autre bar, j'ai tout de suite avisé le dealer, que je connaissais de vue et que tout le monde venait saluer de toute façon. Je lui ai acheté un demi-gramme et je suis aussitôt allé me refaire une jeunesse dans une cabine des toilettes. Je me suis vu écraser des petites roches blanchâtres pour en faire de la poudre, puis étendre cette poudre sur un paquet de cigarettes et former des lignes avec une carte de crédit et enfin renifler les lignes ; et, franchement, je me demandais bien pourquoi on faisait toute une histoire avec ça – je veux dire : pourquoi *moi*, j'en faisais toute une histoire, puisque de toute évidence j'étais en train d'en faire une. Alors, j'ai décidé qu'il n'y avait pas de quoi m'en faire, que ce n'était peut-être pas normal, mais que ça allait, là ; que c'était correct, et puis, enfin, que je ne détestais pas du tout avoir dix ans de plus que la moyenne des gens qui m'entouraient. Surtout que Dany n'avait pas menti, il y avait vraiment plus de filles ici qu'à la salle de billard.

J'ai donc bu et parlé et souri et tenté de faire rire et d'avoir l'air intelligent pendant quelques heures. J'y suis souvent arrivé, mais j'aurais donné cher pour effacer les deux ou trois fois où j'ai manqué mon coup. Les filles étaient belles et jeunes et saoules. Tout à coup, il y a eu un grand bruit à l'extérieur. Des gens se sont déplacés, et moi avec eux. J'ai entendu des cris et je me suis retrouvé dehors. Là, Dany se faisait bousculer par un gars deux fois plus gros que lui. Et je me souviens avoir pensé, presque délivré : mon Dieu, il va donc se passer quelque chose.

Mon cœur battait très fort et c'était bon.

Puis, une voix est montée en moi, et j'ai entendu Evelyn (ou ma mère, ce n'était pas clair) me dire :

– Vas-tu vraiment jouer à ça ? Vas-tu encore être ce gars-là ? Le redresseur de torts imaginaires ? Le *king* de la rue Wellington ?

Mais si ce n'était pas moi, personne ne le ferait. Ce n'était pas une bonne raison, je le savais, mais j'ai quand même enlevé ma veste, puis mes lunettes, avant de me lancer dans le tas.

La bataille au complet a peut-être duré neuf secondes. J'ai donné une petite gauche dans un ventre mou, puis des bras se sont emparés de moi. J'ai senti mon sang circuler dans mes veines, une chaleur intense monter dans ma tête. Mes bras, mes jambes, tout mon corps se réveillait, et j'ai eu le goût de crier tellement j'étais bien, tellement j'étais submergé par la joie – mieux que la coke. Alors, je me suis laissé aller comme on le fait au moment de jouir, et j'ai explosé. J'ai placé ma gauche devant mon visage et j'ai lancé autant de crochets et d'uppercuts de la droite que j'ai pu. J'ai attrapé quelque chose de dur deux ou trois fois, mais ça aurait aussi bien pu être un mur qu'une tête. Puis, mon bras gauche s'est coincé, et j'ai pensé qu'il me faudrait sûrement l'abandonner pour me sortir de là. Presque en même temps, une douleur sourde s'est abattue sur mon dos, et mes poumons se sont vidés d'un coup. J'ai fait « han » et j'ai poussé le plus fort que je pouvais vers l'avant. Un gars est tombé sous mes pas, je suis tombé moi aussi, j'ai roulé sur moi-même et je me suis relevé au bout de ma pirouette, étourdi. J'étais en plein de milieu de la rue. Quelqu'un criait «il est fou, c'est un maudit fou», mais il était impossible de savoir si c'était de moi qu'on parlait ou d'un autre. Je me suis retourné. Dany était étendu par terre. Je me suis approché de lui et il m'a dit de le laisser tranquille. Un de ses amis m'a même poussé. La police approchait. Je n'étais pas un héros, ni même un redresseur de torts. J'étais un gars saoul, essoufflé et sale, dont le col du t-shirt était déchiré.

La foule s'est dispersée et je me suis éloigné moi aussi. Toute joie avait disparu. J'étais juste seul – seul et vide – et je m'étais encore battu pour rien, oui, je m'étais encore battu tout court. J'avais mal dans le dos et mal au ventre, j'avais envie de pleurer ou de faire de la peine à une fille à papa, j'aurais arraché la tête d'un patron ou enlevé un ministre, posé des bombes, n'importe quoi.

J'étais tellement seul.

Je me suis ramassé et j'ai marché jusqu'au stand de taxis. Là, je me suis assis sur un des blocs de béton dans lesquels ils mettent des fleurs, l'été. Les fleurs étaient mortes, et les bacs étaient submergés de mégots et d'éclats de verre.

22

TAXI

Une fille m'avait suivi. Je ne sais pas si elle était avec les autres ou si elle avait seulement assisté à la scène de loin, mais elle m'avait suivi. Elle m'appelait «monsieur Sylvestre» et me donnait du «vous» gros comme le bras. Elle s'est assise à côté de moi et m'a demandé si je la replaçais. Elle disait que je lui avais enseigné, que j'étais son prof préféré, et je me suis rappelé que j'étais chargé de cours, que tous les lundis j'enseignais la littérature française et qu'au moment où on se parlait Alfred Jarry était en train d'écrire un mot qui ferait une bonne question quiz. J'ai réalisé que je pleurais. Je ne faisais pas de bruit, mais je pleurais. Et j'avais froid. La fille m'a tendu mes lunettes et elle a posé ma veste sur mon dos. J'ai dit merci et j'ai continué à pleurer en silence. La fille s'est levée. J'avais peur qu'elle parte et je lui ai demandé de rester. Elle a souri et m'a caressé la tête. Et moi j'ai mis mes mains sur sa taille et je me suis souvenu que j'avais encore un peu de coke. Elle s'est approchée de moi, a pressé mon visage contre sa poitrine. Elle disait « ne pleurez pas monsieur le professeur » en se trouvant beaucoup d'esprit et sans doute autant de sex-appeal, mais parfois elle se taisait et, alors, elle me plaisait mieux. Elle disait qu'il serait sans doute préférable qu'on ne nous voie pas ensemble. J'étais trop saoul pour penser à ça, mais, finalement, je me suis repris et j'ai dit oui, et nous sommes montés dans un taxi. Ma montre s'était arrêtée à deux heures treize, mais la petite lumière fonctionnait encore.

Jacques Mesrine

Au répertoire du père s'ajoutent bientôt des récits tirés des journaux d'autrefois. Parmi eux, il y a l'histoire de John F. Kennedy, celle de Jacques Mesrine et de combien d'autres hommes qui ont fini sous les balles parce qu'ils ont défendu des idées plus grandes qu'eux, qui les grandissaient en retour.

Alors que les autres histoires relayent une conception un peu simpliste du Bien et du Mal, dans laquelle le père et Mickey Mouse jouent les premiers rôles, ces récits-là sont plus troubles et brouillent quelques-uns des repères habituels des garçons : John F. Kennedy n'a pas vraiment été tué par Lee Harvey Oswald ; Jacques Mesrine était bien « l'ennemi public numéro un », un homme dangereux et imprévisible, mais également une sorte de héros qui a aimé une Québécoise et qui a attaqué une prison à la mitraillette pour des raisons valables — à la fois personnelles (par solidarité pour ses camarades emprisonnés) et politiques (protester contre la cruauté du système carcéral).

Plus que tous les autres, Jacques Mesrine fascine le fils aîné. Il n'est d'ailleurs pas certain que son exemple ne structure pas toujours un peu son imaginaire: l'ennemi public numéro un, « l'homme aux mille visages », était certainement une brute, mais une brute qui savait lire et écrire. Autrement dit, un révolté bien plus qu'un bandit — la preuve, selon le père, que la société est mauvaise, et l'homme, bon.

Pour ses fils conquis par ses discours, le père ne ménage pas les détails sur la mort de ce Robin des Bois moderne, le 2 novembre 1979. Après des années de recherches infructueuses, frustrés et humiliés par Mesrine qui se jouait d'eux comme d'amateurs, les policiers français réussissent enfin à le localiser — sûrement à cause d'un indicateur, un stool, *pour reprendre le mot du père. Puis, les policiers lui tendent un piège et réussissent à coincer sa voiture derrière un camion rempli de tireurs, qui n'essaient même pas de l'arrêter et vident leurs chargeurs sur lui. Vingt et une balles sont tirées. La fille assise à côté du hors-la-loi est aussi blessée; elle perdra un œil.*

Comme dans le cas de la mort de John F. Kennedy, les forces de l'ordre montrent ici qu'elles ne se trouvent pas toujours du côté de la justice. C'est un thème récurrent dans les histoires du père: la véritable Justice, au nom de laquelle il n'est pas impossible qu'on soit éventuellement amenés à prendre les armes contre ceux qui portent des insignes et des uniformes.

23

L'INSTINCT DE MORT

La première chose que les gens veulent savoir quand ils apprennent que je travaille à l'université, c'est la matière que j'enseigne. Puis, ils se demandent ce que mes étudiants vont bien pouvoir «faire avec ça». Construire des maisons? Fabriquer du papier hygiénique? Gérer des faillites? Voilà autant de tâches nécessaires et entendues qui assurent de belles et lucratives carrières. Mais s'intéresser aux «belles lettres», françaises ou autres? Pour l'utilisateur-payeur moyen, à moins d'être une jolie demoiselle à la fin du XIXe siècle et d'être promise à un riche médecin, la pratique et la recherche littéraires demeurent de bien vagues et hypothétiques occupations.

Et cet écart devient encore plus important si vous fréquentez le merveilleux monde de la drogue. Sept ou huit années avant mon entrée aux N.A., j'étais tombé sur des dealers associés, deux petits *crooks* à la relation un peu tordue. Le plus gros, Mike, une montagne de Big Mac et d'inertie, se faisait régulièrement engueuler par le second,

Steve, dont il essayait de copier les manières : mêmes pantalons d'entraînement, même coupe Longueuil, même intérêt pour les yachts et les quatre-roues. Mais Steve était si évidemment le modèle (le propriétaire des yachts et des quatre-roues) et Mike le suiveur pathétique et raté, avec son gros ventre mou, sa blonde flasque et sa Buick grise, qu'on finissait par concevoir une espèce de sympathie, ou plutôt de compassion pour ce dernier, qui fumait la moitié de sa marchandise et qui tentait toujours plus ou moins de nous escroquer sur la quantité qu'on lui achetait, pour consommer le reste lui-même.

Et puis, j'avais aussi connu un couple de vendeurs ambulants qui faisaient le service en voiture. On appelait à tel numéro, ils nous fixaient un rendez-vous à telle place et, là, ils nous faisaient monter. On faisait le *deal,* et ils nous déposaient plus loin, pour « faire normal ». Ce qui l'était moins, normal, c'était qu'à l'arrière, une petite fille de quatre ans demandait à sa mère « c'est qui le monsieur ? », pendant qu'on échangeait des billets de papier pour des sacs en plastique.

Tout ça plaidait assez pour la sobriété. Et la vasectomie.

Jamais cependant je n'avais véritablement mis le pied « de l'autre côté » ; jamais je n'étais passé chez les criminels et leurs courtisans, c'est-à-dire chez ceux qui assuraient la production, la distribution et la vente des produits illégaux auxquels j'avais recours. Jamais je n'avais vu ce monde « du dedans », avec l'œil d'une danseuse topless, d'un dealer ou d'un fier-à-bras. Je n'appartenais ni tout à fait au monde officiel des citoyens modèles, ni tout à fait au monde interlope. Je ne faisais que surfer entre les deux, prenant contact avec l'un et l'autre de façon intermittente, essayant, autant que possible, de ne pas mélanger ces pans de ma vie.

Robert, lui, appartenait résolument au crime. À travers lui, je vivais des aventures qui ne m'appartenaient pas en propre, mais qui avaient le mérite d'être dignes de mention. Grâce à lui, je comblais une partie de ce déficit historique, de ce manquement à l'appel de la légende, qui caractérisait mon existence. Mais, parce que je n'étais que Vincent Sylvestre et non quelqu'un comme Robert Thompson ou Jacques Mesrine, il était clair que, dans cette voie comme dans toutes les autres, je ne serais jamais, au mieux, qu'un amateur de curiosités ou, au pire, un collectionneur d'ecchymoses.

Mais Jacques Mesrine n'avait pas tout réussi non plus. Entre autres ratages, il avait fait paraître l'un des plus mauvais livres qu'il m'avait été donné de lire. Rédigé dans un style pompeux au possible – comme si la marque de la qualité résidait dans l'emphase et la grandiloquence, la préciosité des qualificatifs (une société « infâme », une justice « sordide », « d'abominables desseins », etc.) –, le premier tome de son autobiographie, intitulé *L'instinct de mort*, montrait bien que si Mesrine pouvait passer pour un intellectuel parmi les malfrats, il ne serait jamais qu'un psychopathe prétentieux pour les intellectuels. À sa manière, c'était aussi un raté, et doublement peut-être. D'abord, en tant que révolté, il s'était engagé dans une lutte qu'il n'avait pas gagnée (et qu'il n'avait eu en fait aucune chance de gagner, du moins avec les moyens qu'il avait privilégiés). Ensuite, en tant qu'écrivain, il avait donné un texte dont l'intérêt ne tenait qu'à la matière biographique, et encore.

Tandis que moi, je n'étais engagé dans aucune lutte et n'aspirais plus qu'à me rejoindre, quelque part entre mes cheveux et mes pieds, ou entre les premier et dernier mots d'une histoire vraie.

Une autre famille (première partie)

Le fils aîné connaît un endroit où les lampadaires s'appellent des sentinelles. Plantés à des kilomètres les uns des autres, ils gardent des routes qui ne mènent nulle part, guettent des intersections qui n'ont pas changé depuis des années. Là-bas, les maisons sont presque toutes construites sur le même plan : le salon, la cuisine, la chambre principale et la salle de bain autour de la salle à manger, au rez-de-chaussée ; deux ou trois chambres, et une seconde salle de bain, à l'étage. De maison en maison, de famille en famille et de génération en génération, on s'oriente en suivant des rangs chiffrés de un à quatre — rarement plus que quatre — et en prêtant foi à toutes sortes de ouï-dire, de racontars, de contes et de cancans ; les almanachs aussi peuvent s'avérer utiles, comme les girouettes et un certain savoir pastoral fait de vaches couchées, de lunes cornues et de couchers de soleil.

C'est là que le père, maintenant, traîne ses fils. Parmi ceux de la nouvelle famille, qui s'expriment par cris, par claques et par sifflements et qui n'en conçoivent ni gêne ni honte. Qui s'expriment par approximations et qui font du bruit à table, et qui rient la bouche ouverte et qui se moquent sans cesse des vêtements que portent le fils aîné et son frère, pourtant les vrais enfants. Mais des enfants bien plus frêles que les autres enfants, avec leurs belles mains d'artistes, leurs mots à cinq cents piasses et leurs grands yeux de fils de divorcés, désespérément allergiques à tout ce qui ressemble à une poule, à un cheval, à une fleur, à un arbre et même à une bêche. Ces deux garçons un peu sombres dont on se demande bien ce qu'ils pourront faire dans la vie, et qui vous regardent étrangement, en serrant les dents.

24

NO OFFENSE

L'Halloween, la fête que j'aime le moins. Celle où les enfants traînent leur avidité de porte en porte comme des vendeurs d'assurances, et où les grandes personnes retirent leur déguisement habituel pour en revêtir un autre qui correspond à leur tempérament naturel, à leurs appétits refoulés : femmes-chattes et travestis à pamplemousses, clowns de toutes sortes, policiers, infirmières à gogo et *schoolgirls* de cinquante-neuf ans.

La veille, Robert avait laissé un message sur mon répondeur, pendant que j'étais au travail. Il connaissait une *waitress* à Waterloo ; il m'invitait à aller la rencontrer. On irait d'abord manger chez elle, puis on irait prendre une bière au bar où elle travaillait – ça nous changerait. Je l'ai rappelé, j'ai dit « O.K. », et le lendemain à cinq heures il est passé chez moi et on a pris la route.

En chemin, Robert était vraiment excité. Il n'arrêtait pas de répéter combien il la trouvait belle, la *waitress*. Je l'aimerais, il en était sûr, et puis, *anyway*, il y avait longtemps qu'il voulait me la présenter. J'appréhendais vaguement quelque rendez-vous arrangé, mais j'ai vite compris qu'il n'en était pas question, pas question du tout : c'était en fait de sa *date* à lui qu'il était question. Je ne voyais pas trop quel mal ça pouvait me faire, alors j'ai souri et j'ai dit « tant mieux, tant mieux », et j'ai demandé à Robert de monter le son, en reconnaissant le début de *Born to Raise Hell*, de Motörhead, et Robert a monté le son et a accéléré en souriant.

La *waitress* habitait une petite maison bleue à Saint-Joachim, de l'autre côté de Waterloo. Elle s'appelait Cindy ou Cynthia – Robert, en tout cas, l'appelait « Cind » ou « Cynth », ce n'était pas clair. Elle devait avoir dans les trente-cinq ou trente-six ans et elle aurait pu être très belle si elle avait eu un peu plus d'argent et de goût pour le dépenser. Elle avait de très longues jambes que j'avais beaucoup de mal à ne pas fixer ; une jupe assez courte et un top noir, sans bretelles, qui lui serrait le ventre et la poitrine. Après deux bières, Robert s'est mis à lui voler un baiser de temps à autre. Puis, il a voulu la toucher, mais elle se défendait toujours en disant des choses comme : « *You boys behave now... Taking advantage of a poor lonely lady like me... Shame on you Robert Thompson, shame on you.* » Après, elle riait et se sauvait à la cuisine, nous laissant seuls dans la salle à manger pendant qu'elle préparait le repas, exactement comme aurait pu le faire n'importe quelle femme des années 1950 ou 1960.

– Si c'est pas une belle pis une bonne fille comme on n'en fait plus, m'a dit Robert aussitôt qu'on a été entre nous.

— Je sais pas, j'ai dit, je la rencontre à peine, là...

— Une femme à marier, tu vas voir... Une femme comme dans le temps. Pis attends de goûter à son *meat-loaf* pis à son *pudding*... Je te jure, si j'aurais une *good old fashioned lady like that*, moé...

— Qu'est-ce qui t'en empêche ? j'ai demandé. Elle veut pas ?

— C'est pas ça. C'est à cause de son gars... Je t'ai pas raconté ? Elle a un ti-gars, quatre ou cinq ans... *A nice little boy, very cute and bright and all*... Elle dit que c'est pas correct pour lui, *you know, another man in the house*. Je lui ai ben dit, moé, que je serais bon pour elle, pis que je l'aiderais avec le *kid* pis toute... pis pas juste pour l'argent, tu sais, aussi pour avoir un homme dans maison... *A role model for the kid and all*... Mais elle veut pas. Elle tient à son indépendance, elle dit.

Je n'ai jamais su ce qu'il en était exactement, mais, en ce qui me concernait, Robert n'avait pas menti : Cindy se montrait aussi chaleureuse et accueillante qu'il l'avait dit ; et son pain de viande et son pudding étaient également délicieux — même si, bien sûr, c'étaient des plats d'ouvriers.

Après le repas, Robert et moi sommes tranquillement retournés au salon enfiler quelques bières, et Cindy a continué de sourire et de blaguer tout en repoussant les avances de mon ami, de plus en plus insistant. Avec l'alcool, je commençais moi aussi à avoir envie d'elle, et il me semblait que ça ne lui déplaisait pas trop. J'avais l'impression qu'elle se plaçait de façon à ce que je puisse l'admirer, et ça, c'était sans compter les regards complices qu'elle m'envoyait en feignant d'implorer mon aide pour que je la débarrasse de l'autre. Toute cette scène faisait penser à un jeu d'enfants entre trentenaires sous influence. Il était temps que ça cesse, quand enfin on s'est levés pour embarquer dans une grosse américaine, direction le bar où Cindy travaillait.

Le chemin était long et cahoteux, et l'endroit où elle nous emmenait – l'Hôtel, rien de moins – était encore plus minable que La Cachette des sportifs. Il n'était pas neuf heures, et déjà les habitués s'entassaient devant le zinc et commandaient bières par-dessus bières et jouaient au billard et dansaient et gueulaient comme les perdus qu'ils étaient. Je n'ai jamais compris pourquoi tant de gens ressentent le besoin de crier ou de faire du bruit et insistent à ce point pour manifester leur plaisir et exprimer leur joie, comme les Anglais, les pauvres et presque tous les primates le font. Je commençais moi-même à être un peu saoul et, si je ne trouvais pas de drogue, j'en viendrais rapidement à me défendre contre tout ce qui m'énervait, en me montrant le plus méprisant, le plus hautain et le plus contrariant possible. Je chercherais peut-être même la bataille, et il était à peu près certain que je finirais par irriter tout le monde.

Heureusement, Robert avait prévu le coup. En me refilant un sac en plastique du genre de ceux qu'on utilise pour les biberons, il a dit : « C'est juste pour nous encourager, là, une fois de même... Je sais pas si t'es comme moé, mais si je reste icitte comme ça sans *dope*, ça va mal virer ça sera pas long.»

Deux minutes plus tard, j'étais enfermé dans une cabine des toilettes, penché sur deux petites lignes de poudre blanchâtre avec un billet de vingt dollars enfoncé dans la narine. En relevant la tête, j'ai su que j'avais pris la bonne décision, ou plutôt que je n'en avais pas pris et que c'était tant mieux. Puis, je suis sorti de là et j'ai tout de suite trouvé le monde plus vivable, plus drôle.

Au cours des heures suivantes, j'ai fait preuve d'un très bel esprit de méthode, en procédant par intervalles réguliers. Tantôt je veillais à ma beauté intérieure, tantôt je me mêlais à la foule et payais des tas de *shooters* et de pichets à des indigènes capables de faire passer Robert pour un modèle de bon goût et de sobriété. À chacun de ces allers-retours, je perdais un peu plus de mes inhibitions et de mon accent universitaire. Les hommes me trouvaient sympathique, même s'ils ne le disaient pas comme ça. Ils parlaient ; je les laissais faire et je buvais. Puis, j'inventais une anecdote à propos d'un gars que je n'avais jamais rencontré de ma vie, et tout le monde éclatait de rire. J'avalais un Jack Daniel's, allais faire un tour aux toilettes, revenais au bar plus cool que jamais. Tant et si bien que vers une heure ou deux du matin, j'étais invité à poursuivre la soirée à Saint-Étienne-de-Bolton, pas trop loin, chez un certain Éric.

En sortant, j'ai retrouvé Robert qui discutait avec Cindy. Je me suis approché d'eux et je les ai invités à nous suivre. Cindy ne pouvait pas ; elle devait s'occuper du bar, puis de la fermeture. Elle viendrait peut-être nous rejoindre plus tard. Robert, lui, avait l'air d'hésiter. Il a dit :

— Tu viendras pas. Je le vois ben que tu viendras pas.

Mais Cindy l'a invité à partir avec moi.

— C'est votre soirée, les gars. Profitez-en, elle a ajouté.

Puis, Éric nous a fait signe. On a grimpé dans son camion et on est partis. En chemin, Robert montrait un visage absolument ravagé par les tics nerveux ; il reniflait sans cesse et jetait constamment des regards par-dessus son épaule, sur la route, sur les bois et sur les gens (certains étaient déguisés, le plus souvent en cow-boy, mais ce n'était peut-être pas un déguisement non plus), et regrettait d'être venu.

— Faut partir, qu'il a encore dit. J'aime pas ça, icitte, j'aime pas ça pantoute.

J'ai essayé de le calmer, mais il n'y avait rien à faire :

— *We have to leave,* tu comprends ? C'est toute du mauvais monde, ça... Tu viens pas d'icitte, toé, tu peux pas le savoir, mais moé, je le sais. *Bad people here, I'm telling you.* Tu penses qu'ils veulent rien qu'avoir du fun, mais tu les connais pas. Tu les connais-tu ? *Well, that's what I thought. So come on now, let's get the fuck outta here before something real bad happens.*

Mais je ne voyais rien de *real bad* se produire du tout, au contraire. Dans la maison où on était enfin arrivés, des filles riaient et un fond de musique rock, que j'entendais de l'extérieur, rythmait les éclats de leurs voix. Il y avait aussi une petite piscine derrière, et des voitures arrivaient sporadiquement, qui déversaient toujours plus de filles, toujours plus saoules et plus sexy. Curieusement, je n'avais plus rien contre les femmes-chattes ni contre les diablesses, les infirmières et les *schoolgirls* en jupes carreautées.

J'ai attrapé une bière dans une glacière et j'ai commencé à parler avec une fille à demi nue (déguisée en fille à demi nue, pour autant que je sache). Elle avait visiblement froid et essayait de me convaincre d'aller me baigner ; je me défendais mollement, en riant. Elle avait peut-être dix-huit ou dix-neuf ans, l'air d'être complètement défoncée et elle n'arrêtait pas de me sourire en tirant sur ma main.

Puis, la musique s'est arrêtée. J'ai entendu la voix de Robert par-dessus celles d'autres d'hommes en colère et je me suis approché aussi vite que j'ai pu. Au milieu du salon, Robert menaçait des gens avec une bouteille de bière cassée. Une fille pleurait derrière lui et tentait de le retenir. Des fils électriques couraient le long des murs ; il y avait des plantes artificielles sur des tablettes et des tables basses partout, des mégots écrasés par terre et des bouteilles renversées. Un gars complètement saoul portait un sac à dos d'enfant, peut-être des *Télétubbies*. Ou bien j'ai rêvé ça. Il y avait beaucoup de bruit, et mon cœur sautait un battement sur deux.

Dès qu'il m'a vu, Robert s'est mis à crier que c'était de ma faute, que tout était de ma faute : on n'aurait pas dû rester ici, il me l'avait dit en arrivant et il s'en souviendrait. Tout le monde s'est alors tourné vers moi et j'ai dessaoulé d'un coup. J'allais encore devoir me battre, mais, cette fois, je ne l'aurais pas décidé. J'étais arrivé à ce moment de la nuit où l'alcool nous a ramollis sans nous envoyer au plancher, et où les *rushs* de coke commencent à être moins vifs, mais ne nous ont pas encore plongés dans la dysphorie. J'aurais pu vivre comme ça encore un bout de temps et me laisser tranquillement sombrer contre le corps tiède d'une fille de passage, pendant que le soleil se serait levé.

J'ai fait quelques pas vers le milieu de la pièce et demandé à Robert s'il avait vraiment envie de jouer à ça : être ce gars-là, qui donnait sa déprime en spectacle, sa détresse en partage. Je me faisais l'effet d'Evelyn ou de ma mère, et je pense bien que je faisais un effet semblable à Robert. La fille qui pleurait derrière lui a profité de son inattention pour s'en aller, puis Robert a eu comme un soubresaut de haine et j'ai dit :

— *Come on*, Rob. T'avais raison, c'est du mauvais monde, ici. On va s'en aller, là, O.K. ? T'avais raison.

Il a regardé par terre et a posé son tesson, et j'ai senti une tristesse épouvantable monter en moi, tout mon besoin d'alcool et de coke me revenir d'un coup et, avec lui, le sentiment de ma vanité, la surconscience de ce que je faisais, en train de flirter avec une adolescente à Saint-Étienne-de-Bolton, deux ou trois heures avant que le soleil se lève. J'ai encore offert mes excuses à Robert, et on s'est éloignés ensemble. Robert se taisait, maintenant, comme au bout de ses moyens, au bout de ses mots, là où il n'y avait plus ni coups de poing, ni larmes, ni envie de coke ou d'alcool.

Puis, les gens se sont dispersés et j'ai appelé Cindy qui est venue nous chercher. Quelqu'un a remis la musique et dans la maison Kurt Cobain s'est mis à brailler, et j'avais envie de faire comme lui, et je crois bien que j'ai chanté un peu, au moins dans ma tête :

And if you save yourself
You will make him happy
He'll keep you in a jar
And you'll think you're happy

De retour à Ulverton, Robert m'a encore engueulé un autre petit coup, pour la forme. Il était fatigué, complètement saoul et délirait un peu. Il reprochait à Cindy d'avoir voulu me séduire, au début de la soirée, puis de l'avoir laissé seul au bar, plus tard, alors que c'était lui qui s'était invité chez elle et à son travail. Il la blâmait de ne pas l'avoir suivi à Saint-Étienne, où elle l'avait poussé dans les bras d'une autre fille, une fille « pas comme il faut ». Quant à moi, le seul fait que j'aie repris de la drogue prouvait assez clairement qu'on ne pourrait jamais avoir confiance en moi : « *No offense, buddy,* mais on peut pas avoir confiance dans un drogué, on peut juste pas. »

25

COUPS DE SEMONCE

Cette nuit-là, couché sur le divan de Robert, j'ai rêvé que mon père habitait chez moi. Ça se passait dans un des premiers appartements que j'ai eus, sur la rue Queen, à l'époque où il était encore vivant. Je devais l'aider à manger, avec une cuillère, prendre de la nourriture et la porter à sa bouche ; ensuite, lui essuyer la bouche, la barbe... Puis, mon frère venait nous rejoindre, et mon père n'était plus malade du tout. Même qu'on allait en vacances, tous les trois, en camping. Le soir, Evelyn apparaissait et disait qu'elle dormirait avec nous, sous la tente. On était tous les quatre couchés côte à côte, et ça sentait mon père, et je savais qu'en réalité il était mort depuis longtemps et que je devais profiter de sa présence dans mes rêves, parce que dans quelques heures je me réveillerais et que ça serait terminé, ça ne sentirait plus que mon odeur à moi et même une douche n'y changerait rien ; bientôt, mon père serait à nouveau effacé. Mais Evelyn me gâchait toute illusion : elle insistait pour que je la masturbe, et je lui en voulais horriblement de me séparer de mon père et de mon frère, de m'imposer ses désirs et peut-être même ses besoins, qui avaient si peu à voir avec les miens.

Au réveil, j'avais la tête toute mouillée; mon oreiller aussi était trempé et, même quand je l'ai changé de côté, je n'ai pas réussi à trouver de coin sec. Encore secoué, j'ai décidé de me lever et de partir. J'avais un peu peur que mon rêve ne soit pas tout à fait terminé et de tomber, au détour d'une porte ou d'un corridor, dans le reflet d'une fenêtre ou d'un miroir, sur l'image de mon père à demi décomposé. Il fallait vraiment que je parte et, sans plus attendre, je me suis élancé vers la porte. Mais juste au moment où je posais le pied sur la véranda, deux coups de feu ont retenti au loin, dans la forêt. Terrifié, j'ai fait un pas en arrière pour rentrer dans la maison et je me suis cogné contre Robert qui se tenait dans le cadre de la porte, habillé, lavé et rasé de près, avec des tas de petites coupures sur le visage et les yeux absolument exorbités. D'une voix grave que je ne lui connaissais pas, il a dit:

— *Come, now. I'll drive you home.*

26

LA GRIPPE ESPAGNOLE

La Première Guerre mondiale allait bientôt prendre fin. De la mer du Nord à la mer Rouge, de petits soldats de plomb tiraient leurs dernières cartouches. Guillaume Apollinaire s'apprêtait à mourir de la grippe espagnole, et je présentais moi-même quelques symptômes d'une infection plus ou moins exotique et martiale : j'avais un mal de tête carabiné, mes oreilles étaient aussi bouchées que les négociations entre le président Wilson et ses alliés européens, et je me demandais où je trouverais le courage de monter à l'assaut du surréalisme, la semaine suivante.

Depuis des jours, je tentais de me guérir en me bourrant de liquide et d'oranges ; j'étais couché presque tout le temps, et une voix parlait à la place de la mienne, dans ma tête. Elle suivait le rythme reconnaissable entre mille des vers de mon ami Wilhelm Albert Vladimir Apollinaris de Kostrowitzky, et je n'arrivais pas à la faire taire. La fièvre emportait les marques de ponctuation, et celles de ma personnalité étaient confuses elles aussi ; je les sentais bouillir, fondre et couler le long de mes tempes. Je me disais des choses comme «Adieu Adieu Soleil cou coupé» et je trouvais ces formules belles, envoûtantes et féeriques à leur manière.

Une nuit que je n'arrivais pas dormir, j'ai sorti mon exemplaire de la Pléiade des *Poèmes* d'Apollinaire et je l'ai déposé sur ma table de chevet. Pendant un certain temps, je suis resté étendu à côté de lui à le contempler. Puis, je l'ai retourné quelques fois et je l'ai enfin attaqué, dévoré en trois heures trente-quatre minutes.

Plus je lisais, plus je m'effaçais. En fait, non, je m'attendais, quelque part entre différents livres :

Je me disais Vincent il est temps que tu viennes
Pour que je sache enfin celui-là que je suis
Moi qui connais les autres
Mais je ne me trouvais ni chez Apollinaire
  ni chez Vincent Sylvestre
J'étais au lit depuis trois jours et je gardais
  les yeux ouverts
À l'affût toujours mais de quoi précisément
Comme si j'avais peur de rater quelque chose peur
  de m'endormir
Au moment exact où le brouillard de la fièvre celui des
  jours sans visage des nuits moites
Se lèveraient enfin
Peur aussi de revoir certaines minutes
  certaines images

La campagne telle que je l'envisageais à huit
ou dix ans
Tant d'années tant de gens
Tant de douleurs vaines tant d'élans tant
d'enthousiasmes
Tous plus ou moins flasques tous plus ou moins
Quelque chose
Et tout ça mourait lentement le jour se levait
J'entendais au loin la voix d'Evelyn me disant
Je t'aime Vincent je t'aime mais je ne veux plus me
réveiller aux petites heures
Avec ces angoisses dans la gorge et ces craintes
au ventre
Je t'aime Vincent mais je ne veux plus me demander ce
que tu fais ce qui peut bien t'arriver
Avoir peur qu'on te retrouve en morceaux
le cœur explosé
Aux soins intensifs entre la vie et la mort
Aux urgences psychiatriques ou bien pendu dans une
cellule grise
Je t'aime Vincent mais parfois j'ai si mal de t'aimer
Que j'aimerais mieux ne plus jamais te voir.

Après quoi, j'ai fermé les yeux. Pendant des heures, peut-être des jours, j'ai dormi et sué, seulement ça, dormi et sué. Une fois, j'ai ouvert les yeux, je me suis levé pour changer les draps et j'ai bu une gorgée de gin chaud avec du miel et du jus de citron. Puis, je me suis recouché et le lendemain je me sentais mieux. La fièvre était tombée, j'étais trempé, mais je respirais normalement – j'allais devoir continuer de vivre. Pendant un instant, j'ai regretté qu'Evelyn ne soit pas là ; j'ai pensé que ça serait différent avec elle, que ça serait *plus facile*, mais c'était trop tard.

Cette journée-là, j'ai vécu un peu, mais personne ne s'en est rendu compte.

La semaine suivante, j'ai repris mon cours comme si de rien n'était, et les surréalistes ont tenté de faire voler en éclats les murs sociaux qui brimaient la conscience de leurs contemporains, avec le succès que l'on sait. Dès les années 1930, la plupart des écrivains sérieux ne faisaient plus attention à eux : Malraux parcourait la planète à la recherche de gloires parisiennes, Céline se foutait de tout le monde et Sartre jetait un regard oblique sur Simone de Beauvoir, qui n'était pas née femme et qu'on avait tendance à croire. En me rendant à l'université, en marchant dans les rangées du club vidéo et en me préparant des gin-tonics, je me répétais constamment les vers de mon ami Wilhelm Albert Vladimir Apollinaris de Kostrowitzky, et je me disais que je n'avais besoin ni d'autre ami ni d'autre poète :

> Un jour je m'attendais moi-même
> Je me disais Vincent il est temps que tu viennes
> Et d'un lyrique pas s'avançaient tous ceux que j'aime
> Cependant que j'écrivais ces phrases
> Qui me dédommageaient mal de la vie.

Une autre famille (deuxième partie)

En canot sur le lac Wapizagonke, le fils aîné apprend à gouverner l'embarcation. Plus tard, il apprendra aussi à monter une tente à la noirceur, à faire du feu sans briquet ni allumette et à opérer un poêle Coleman. Mais, pour l'instant, son père s'occupe encore de ça, alors il se contente de jouer dans le feu de camp avec une longue perche, le soir, et de faire brûler des guimauves.

Seuls sous la tente, les frères se remémorent l'été précédent, au parc Forillon, quand le père dormait encore entre eux. En réglant leur respiration sur ses ronflements, ils s'endormaient en deux minutes. Cette année, ils entendent encore le père ronfler, mais dans l'autre tente. Et ils entendent aussi l'autre femme, qui essaye de réveiller leur père parce que ses ronflements l'empêchent de dormir.

Le lendemain, il n'y aura dans la tente des fils que leur odeur à eux, leur maigre odeur d'enfants qui en est à peine une. Et les chances qu'ils prennent la voiture pour aller déjeuner dans une cantine sur le bord de la route seront vraiment très, très minces. Assis à la table à pique-nique, en grignotant une toast qu'ils n'auront même pas eu le droit de faire griller eux-mêmes, ils écouteront leur père expliquer que les temps changent, et que c'est normal que les femmes soient malades le matin, à certains moments de leur vie.

Au cours de l'après-midi, le fils aîné serrera les dents sur le lac Wapizagonke et pensera que vomir dans un bosquet comme l'autre femme le fait chaque matin, c'est quand même bien peu payé pour les règles nouvellement imposées, pour la deuxième tente et pour toute cette vie qui ne sera plus jamais qu'une histoire à raconter.

27

L'ÉTRANGER

Il restait peut-être quatre ou cinq semaines avant la fin de session, et je me trouvais à l'université où je relisais *L'étranger* pour mon cours sur l'absurde. En prêtant l'oreille au murmure des corridors, on pouvait vraiment l'entendre qui approchait, la fin de session. Elle piétinait tout sur son passage, visages longs et faces d'hypocrites me souriant toujours un peu de biais, feignant de ne pas me reconnaître et parlant de moi dès que j'avais le dos tourné, dans des bureaux aux portes closes et peut-être même capitonnées. Du côté des étudiants, les filles surtout commençaient à m'envoyer des courriels de panique : « Que faut-il faire, monsieur le chargé de cours ? Quels seront vos exigences, critères d'évaluation pour le travail final ? Faut-il justifier notre texte à droite et à gauche, ou bien seulement à gauche ? Écrire à simple, double, sextuple interligne ? Et la page de présentation ? »...

En allant me chercher un café après le meurtre de l'Arabe, je suis tombé sur le directeur du département.

C'était un homme d'une cinquantaine d'années avec un peu d'embonpoint et le nez couvert de couperose. Il m'a d'abord salué d'un demi-sourire et m'a ensuite demandé comment ça se passait avec mon cours. J'ai dit « bien » et j'ai ajouté un deuxième sucre dans mon café. Mais il restait là. Il avait l'air d'attendre que je développe ou que je m'explique. Il a encore souri et m'a posé une question sur mes étudiants, sauf que j'ai entendu « étudiantes » et j'ai aussitôt dit :

— Han ? quoi ?

Et il a repris :

— Avec les étudiants, ça se passe comment ?

Mais je ne comprenais toujours pas ce qu'il voulait dire. Il ne souhaitait probablement qu'échanger quelques mots, faire la conversation au-dessus d'un café, peut-être lâcher une blague et retourner à ses dossiers, mais je me sentais coupable, absolument coupable. Même si je ne savais pas de quoi exactement, j'étais persuadé que lui, le savait, et par conséquent je n'arrivais pas à reprendre le contrôle.

— Ça va ? il a demandé.

— Je suis rendu à Camus, j'ai fait. Cette semaine, Meursault va mourir.

— Ah, Camus ! qu'il a dit, en faisant un grand geste du bras. « On est toujours un peu fautif. »

Mais j'étais loin de Meursault et des plages algériennes. J'ai cherché une fenêtre pour voir s'il faisait soleil ou s'il pleuvait, mais il n'y en avait pas. J'ai pensé à cette soirée où je m'étais battu dans la rue et à cette ancienne étudiante chez qui je m'étais rendu. En avait-il entendu parler?

— Han? j'ai demandé.

— «On est toujours...» *L'étranger*... Je cite de mémoire...

Je me suis revu dans cet appartement de béton que des cohortes et des cohortes d'étudiants s'étaient échangé depuis sa construction avant que mon étudiante l'habite à son tour; j'avais presque entièrement oblitéré ces souvenirs de ma mémoire. Ce qui s'était produit après qu'elle m'eut servi une bière et qu'elle fut disparue dans la salle de bain, ce à quoi j'avais pu rêver en l'attendant dans le salon...

— Ça va? qu'il a répété.

— Oui, oui, j'ai fait.

Après un temps qui m'a paru une éternité, mon ancienne étudiante était sortie de la salle de bain. Elle avait passé un pyjama. Je m'en rappelais, là, de son pyjama. C'était un pyjama de petite fille, avec des étoiles et des lunes qui souriaient, sur fond rose. La fille de vingt-deux ans qui le portait s'était démaquillée et avait brossé ses dents, ça sentait la menthe, et moi je sentais la sueur, le sel et la bière.

— C'est une vie de fou, pas vrai? a demandé le directeur du département.

— Quoi, ça? j'ai dit.

— L'enseignement. C'est jamais fini. On pense qu'on va finir, mais on a toujours quelque chose à faire, mille idées en tête.

Sous son pyjama, mon ancienne étudiante avait gardé son soutien-gorge. Je lui ai demandé de le retirer, et elle a tout de suite obéi. Elle a souri, comme pour se donner une contenance. Elle a regardé ma bière, et j'ai voulu savoir pourquoi elle ne buvait pas. Elle a dit qu'elle allait s'occuper de moi et j'ai eu un mouvement de recul.

— C'est vrai, j'ai fait. Ça ne finit jamais.

— Bon.

Je buvais ma bière machinalement.

— Es-tu sûr que tu vas avoir assez de café, dans ton sucre ?

La fille au pyjama s'est ensuite approchée et a fait semblant d'examiner mon visage, pour voir si je n'avais pas été blessé pendant la bataille. Je voyais ses seins poindre sous des étoiles jaunes et bleues, et j'avais envie de lui arracher ses vêtements d'enfant, de lui montrer qui de nous deux était l'adulte.

— Han ? j'ai encore demandé.

— Assez de café... dans ton sucre...

— Ah, oui. Du sucre...

J'en avais mis au moins cinq.

— Bon, ben, c'est pas tout, ça, que le directeur a fini par lâcher. Faut que j'y aille, moi.

Cette fille, j'aurais voulu la déshabiller et la regarder. Non, la prospecter. La retourner de tous les côtés et l'observer. Voir comment elle était faite et, surtout, comment elle faisait quand je n'étais pas là, quand personne n'était là. Mais elle continuait, avec son spectacle. Elle disait : « Je vais prendre soin de toi. » Ou bien : « J'ai envie de toi. » Du spectacle, encore. Des histoires...

— O.K., j'ai dit au directeur du département. Merci.

Et ce «merci» m'est resté dans la tête tout l'après-midi, comme une fausse note dans un dialogue raté où je n'avais pas compris quel était mon rôle ni comment le tenir.

Merci pour quoi?

Après, le directeur est retourné dans son bureau et je suis rentré chez moi, sans boire mon café ni récupérer mon exemplaire de *L'étranger*, exactement comme j'étais rentré chez moi quelques semaines plus tôt, sans embrasser ce corps tiède et fragile offert à ma volonté, sans poser mes lèvres sur cette bouche ni mes mains sur ce ventre blanc, sans demander à cette fille de se déshabiller ou de se masturber ou de me raconter ses fantasmes ou ses peurs, ni de me sucer ou de jouer à celle qu'elle ne serait jamais. Je suis rentré sans rien et, à la maison, je n'avais envie de rien. La rue High était tranquille, la nuit tombait et j'ai décidé que je ne parlerais pas d'Albert Camus cette année.

28

MAURICE SACHS

– Maurice Sachs n'est pas quelqu'un d'admirable, et son œuvre ne l'est pas non plus. Né Maurice Ettinghausen, d'un père d'origine juive qu'il reniera en prenant le nom de sa mère, Sachs donne avec son premier livre, *Alias*, un roman de l'adolescence qui rappelle un peu *Fermina Márquez* de Valery Larbaud et qui, dès les premières pages, cherche à se placer dans le sillage d'*À la recherche du temps perdu* de Marcel Proust, dont il évoque le décor ainsi que certains thèmes. Mais si Maurice Sachs parle du monde des salons et privilégie lui aussi le style précieux et circonvolutionnaire des mémorialistes du XVIIe siècle, il trahit constamment, au contraire de Marcel Proust, son attrait pour les choses basses, voire grossières. Avec Sachs, les messieurs sont presque toujours de vieilles tantes, prêtes à toutes les compromissions pour quelques francs, et les jeunes prostitués auxquels ils ont recours, des «perruches» et des «tapettes» qui se disent des choses comme:

— Croyez-vous qu'elle est folle, ma chère !
— Moi je te dis qu'il est monté comme un cheval.
— Il t'aura défoncé, c'est bien fait.
— Oh, mais taisez-vous, folle que vous êtes !

Mais cet échange n'était pas si drôle que je l'avais pensé. Mes étudiants, en tout cas, ne riaient pas du tout. Ils se lançaient des regards interrogatifs. Fuyant vers l'avant, j'ai enchaîné :

— Dans le monde de Sachs, où la fréquentation des salons littéraires est ironiquement rapprochée de celle des maisons closes, l'écriture est moquée comme une chose ridicule et vaine, nécessairement superficielle et ne servant le plus souvent qu'à pénétrer quelque milieu difficile d'accès. Quant au savoir, c'est le terrain privilégié de la flatterie et de l'ennui, un univers clos et tournant à vide, dont la communication et le partage ne renvoient à rien de concret.

> « On comprend fort bien ce qui retient ainsi les animaux. Qu'importe le fond de "la pensée oiseau" ; c'est au rossignol "la forme rossignol" qui plaît. Il s'arrête au plaisir de s'entendre "parler lui-même", comme on dit souvent ; et ce qui fige un interlocuteur devant son compère en terminologie, c'est non seulement qu'ils parlent la même langue, mais qu'en outre, en entendant parler l'autre, c'est soi-même qu'on entend avec quand même un charme venu de l'extérieur ; et le vieux spécialiste qui en écoute un autre se donne à l'esprit un plaisir pas très différent de celui qu'éprouve le

collégien qui demande son plaisir sensuel à une autre main que la sienne.»

Pas mécontent de ma tirade, je me suis arrêté, pour laisser un peu d'espace entre les paragraphes.

Une main s'est levée. J'ai dit «oui?», et une voix d'homme a demandé: «C'est dans quelle partie du livre, ça?»

– Quoi? j'ai fait.

– Ben, je cherche c'est où dans le livre qu'il fallait lire et je le trouve pas.

– ...

– *L'étranger*, d'Albert Camus...

– Quoi?

Une fille est intervenue:

– On était censés lire *La nausée* de Jean-Paul Sartre pour aujourd'hui.

– Oui. Mais je vais parler d'un autre livre, finalement.

Le gars:

– C'était pas *L'étranger*? Est-ce que j'ai lu *L'étranger* pour rien, moi là?

– Non, pas pour rien.

– Pourquoi, d'abord?

– Je ne sais pas, j'ai tranché. Vous avez lu *La nausée* ou *L'étranger* ou *Les décombres* pour une raison qu'il vous incombe de découvrir.

– C'est quoi, ça, *Les décombres*? ils ont fait.

– Il va y avoir une question à l'examen là-dessus.

Murmures.

– Je continue?

Mais je n'avais plus tellement le goût de continuer. J'avais préparé un cours à partir des chapitres inachevés de ma thèse, je m'étais vraiment appliqué pour fermer les boucles ouvertes en début de session. La voix un peu enrouée, j'ai poursuivi :

– À la fin d'*Alias*, le héros quitte le monastère où il s'est retiré et entreprend une nouvelle vie. On vient de terminer un livre, et on a l'impression qu'il commence à peine. La mention : « C'est ainsi que réellement commencèrent les aventures de Blaise Alias » nous confirme que c'est bien le cas. Comme avec *À la recherche du temps perdu*, il faut donc s'attendre à une longue série de livres qui retraceront chacun un épisode de la vie du héros. Toutefois, alors que Marcel, le narrateur d'*À la recherche du temps perdu*, tente de recouvrer la cohérence de son moi dans un projet d'écriture qui le dépasse, celui d'*Alias* ne s'élève jamais à ce niveau. Il est continuellement ramené à ses échecs et à sa médiocrité. Dans ces conditions, faut-il s'étonner que, dès le livre suivant, Sachs rompe avec son projet initial et laisse tomber le masque transparent de Blaise Alias pour céder à ses propres tendances ? Pour laisser la parole à ce qu'il y a de moins bon en lui ? « On ment fort bien aux autres lorsqu'on se ment à soi-même, écrit-il. Chaque jour mieux persuadé de ma vocation, j'en persuadais admirablement autrui. »

En achevant ma phrase, j'ai entendu une fille parler. J'ai essayé de voir d'où ça venait et je me suis arrêté sur le visage d'une étudiante, un peu au hasard. Elle posait sur moi un regard sombre, mais n'avait pas l'air d'avoir parlé. Elle semblait plutôt attendre que je continue mon cours, ses feuilles de notes disposées devant elle, la main prête à reprendre sa vocation. Plus loin, le gars aux mots croisés avait fait pivoter sa chaise et s'adressait à une étudiante assise derrière lui. Je lui ai demandé s'il voulait dire quelque chose. Il s'est retourné et il a répondu :

– Non, rien.

– Mais vous avez parlé.

– J'ai rien dit.

– Je suis sûr de vous avoir entendu. Vous avez dit quelque chose.

– C'était rien d'important.

– On ne sait pas, j'ai fait. Peut-être que je pourrais vous aider.

Alors, il a lâché :

– Mot de sept lettres commençant par *m*. Qui ne dit pas la vérité.

Pendant une seconde, je me suis demandé si j'avais bien quitté l'appartement de cette fille en pyjama rose comme je l'avais cru, ou bien si c'était le genre d'histoire à finir à la cafétéria de l'université. Après quoi j'ai regardé dehors et j'ai pensé à Evelyn et à tous ces matins où j'épuisais sa patience et son amour pour moi en tâchant de réparer, avec maladresse et stupeur, ce que j'avais brisé par mon absence pendant la nuit. Il faisait un temps maussade, et ça m'a rappelé d'autres journées, et même d'autres nuits, pâles et incertaines comme des aurores quand il ne nous reste plus un sou, et tout à coup je me suis vu dans mes pantalons de chargé de cours, avec ma chemise de chargé de cours et toute mon imposture de chargé de cours. Et j'ai regardé la porte. Elle était fermée ; il n'y avait que mes étudiants et moi. Il restait encore deux heures au cours. J'ai brièvement parcouru mes notes, incapable de reprendre le fil de ma pensée, de mettre des mots entre les extraits que j'avais transcrits :

> « Drôle d'époque, bourrée d'œuvres mais presque uniquement de petites œuvres et dont la singularité essentielle est en cela que le grandiose y est raté et que les œuvres de second ordre y sont réussies. Époque molle et brillante faite *d'embrouille*s et de vulgarisations, où la quantité a remplacé presque partout la qualité et dont la devise absurde est finalement ce mot célèbre après la guerre : c'est mal parce que c'est bien, c'est bien parce que c'est mal. »

Tout ça, les garçons remplis de remords, les filles qu'on désire et celles qu'on aime – oui, qu'on aime –, l'ennui obligé de la vie, la mystification à la base du marché de l'art... Maurice Sachs l'avait compris, écrit, mis en œuvre. Mais lui-même n'échappait pas à ce qu'il dénonçait. En représentation constante, mettant toujours sa vie en jeu, il exhibait avec complaisance ce qu'il y avait de plus vil en lui, et l'exploitait esthétiquement. À l'époque où je pensais encore terminer ma thèse, j'étais absolument fasciné par l'aspect spectaculaire de ses conversions et de ses apostasies, charmé par la méchanceté de ses chroniques et sidéré par ses prétentions de toutes sortes. Il me semblait qu'il y avait chez lui (dans son œuvre, dans sa vie) quelque chose à explorer, quelque chose qui méritait de lui survivre. Comme les criminels, comme les libertins et les rois, Maurice Sachs avait extrait de la vie son matériau artistique et s'était ainsi affranchi de tout réalisme et de toute valeur morale, en agissant directement sur l'histoire. Lui-même d'origine juive, il avait trafiqué pour les uns et pour les autres, mais toujours aux dépens de ce qu'il pouvait y avoir de plus noble en lui; cédé à tous ses instincts, après avoir longuement lutté contre son homosexualité et son alcoolisme; cru à la postérité de son œuvre et, en fin de compte, donné des Juifs, des homosexuels, des trafiquants et des alcooliques aux nazis pendant la Seconde Guerre mondiale, avant d'être assassiné à son tour par un S.S., d'une balle dans la nuque, le 14 avril 1945. Son œuvre littéraire n'était que le succédané de ce qu'il avait réellement accompli et qui le distinguait de ses contemporains – un ramassis de ragots. Et moi, j'étais debout devant une classe. Il fallait bien l'admettre, je buvais toujours autant, je n'avais jamais arrêté de prendre de la coke et je compulsais maladivement mes notes, à la recherche d'une porte de sortie.

Je marche en rêve; j'ai les mains gourdes, la paupière épaisse, la prunelle opaque, le sexe paresseux, le souffle court et un peu de ventre qui se forme. J'en ai assez.

– Assez de quoi?

– Eh bien, de tout ça.

– Quoi?

– Ça ! Assez de m'amuser. Est-ce qu'il n'arrivera donc rien d'extraordinaire dans le monde, pour qu'on puisse au moins en parler ?

...

Il faudra bien un jour se décider à vivre.

Le cours n'était pas fini, mais il finirait sans moi. J'ai ramassé mes notes, passé ma veste de chargé de cours et je suis sorti de la classe, sous le regard ahuri de soixante personnages de roman.

Une autre famille (troisième partie)

Et un jour le fils aîné atteint l'âge de faire des enfants. Avec sa blonde, Evelyn, il se prend même à en rêver : avoir des petits gars avec qui il pourrait se battre dans le salon, des petites filles à qui il pourrait raconter les histoires de son père. Des enfants, des tas d'enfants qui feraient la sieste avec lui, empilés les uns sur les autres dans leur odeur, dans leur mythologie communes. Des petits Sylvestre, avec lui contre le reste du monde. Non. Des petits Sylvestre, avec lui, peu importe le monde.

Mais Evelyn n'est pas du même avis. Faire des enfants avec un homme qui rentre à cinq, six, sept ou huit heures du matin, ce n'est pas ce qu'elle appelle un gage de succès ou de bonheur. Le problème, c'est qu'à ce moment, la seule pensée que la vie soit justement réductible à un rythme, qu'on puisse s'habituer à ne pas se rendre compte qu'on existe, donne au fils aîné l'envie de mettre fin à cette longue agonie volontaire. Alors que tout ce qu'il veut, c'est partir en camping avec sa troupe de petits Sylvestre, Evelyn lui parle de mesure et de travail, de mode de vie et de santé. Certains jours, le fils aîné la voit déjà, sa bande de bandits Sylvestre, tous plus enjoués et querelleurs les uns que les autres ; ils se battent sans cesse à l'école, et lui fait semblant de les réprimander devant la directrice, pour leur donner raison à la maison. Une gentille meute de chasseurs mineurs qu'ils sont, tous tapis dans la cuisine en attendant l'heure de la sieste et le moment où le fils aîné leur raconterait comment son père s'est défait de six Irlandais beaucoup plus vieux que lui, à Côte-Saint-Paul, en 1952 ou 1953. Comment il avait l'habitude de ralentir en voiture, la nuit, pour que leur papa regarde le paysage plus longtemps. Comment il faisait l'aller-retour entre Sherbrooke et le bout de l'autoroute en un seul soir, en pleine semaine, juste pour s'enquérir de ses progrès en français écrit…

Non, il ne serait pas dit que le fils aîné remplacerait cette vie qu'il avait vécue par quelque chose qui pouvait se résumer à un rythme, et dont on pouvait développer l'habitude, comme un mal de dents ou le renoncement aux autres filles.

29

IN THE WILD

Cette nuit-là, le téléphone m'a réveillé au beau milieu d'un rêve. J'étais tellement mêlé, tellement perdu dans mon sommeil que je n'ai pas pensé laisser sonner. Je me suis levé, j'ai prononcé quelques phrases dans le vide au cas où ce serait déjà le matin et que j'aie l'air du paresseux que j'étais, avec ma voix encore enrouée, et j'ai répondu. Mais quelque chose n'allait pas. J'étais dans la cuisine de la maison de mon enfance et je regardais mon père former des boulettes de viande hachée ; ça faisait comme un claquement caractéristique, que j'essaie moi-même de reproduire chaque fois que je prépare des hamburgers. À l'autre bout du fil, des enfants pleuraient. Qui c'était ? J'ai été pris d'une peur absolument épouvantable et paralysante à l'idée que c'étaient les autres enfants, ceux que je n'avais pas vus depuis la mort de mon père, qui étaient morts à leur tour (dans un accident automobile ? Dans un incendie ? Je n'arrivais pas à me souvenir...) et qui m'appelaient à cette heure en pleurant et en criant comme des damnés. Puis, je me suis rendu compte que les bruits ne venaient pas du téléphone, mais qu'ils étaient dans la cuisine, avec moi.

Je me suis réveillé à bout de souffle, pratiquement en train de me noyer dans mes draps.

Le lendemain, je suis passé chez Robert pour savoir ce qu'il advenait de lui et s'il ne m'avait pas appelé au milieu de la nuit, des fois. Comme c'était ouvert, je suis entré. La vaisselle n'avait pas été faite depuis des jours, et ça sentait l'animal mort. Les chiens étaient enfermés dehors, dans une grande cage que je n'avais jamais remarquée, et ils n'avaient rien à manger. J'ai fait quelques pas derrière la maison, dans les herbes hautes autour de la cage, mais je n'ai rien trouvé à leur donner. Je suis rentré, j'ai ouvert le frigo, puis le congélateur, et j'ai mis la main sur de la viande rouge, très dure. Je l'ai prise et je suis retourné au chenil où Robert avait laissé les chiens. J'ai ouvert la grille et, comme les chiens me jappaient après, je les ai fait taire à grands coups de pieds. Robert avait raison, ils ne mordaient pas. J'ai laissé la viande par terre, congelée. J'ai refermé la grille derrière moi et je suis reparti vers Sherbrooke.

30

TURNTABLES OR NOTHING

C'est seulement la semaine suivante que j'ai revu Robert. Entre-temps, Roger Nimier avait écrit *Le hussard bleu* et scénarisé *Ascenseur pour l'échafaud*, Jacques Laurent avait comparé Jean-Paul Sartre à Paul Bourget, en plus d'avoir couché avec Martine Cayrol. Et, de *L'Europe buissonnière* à *Monsieur Jadis*, Antoine Blondin avait donné la meilleure soulographie de l'histoire. Bien sûr, des étudiants avaient réclamé qu'Alain Robbe-Grillet claironne, lui aussi, la fin du genre romanesque. Mais je n'étais plus là pour les entendre.

Un soir vers les années 1950, donc, je m'apprêtais à me coucher quand ça a sonné à ma porte. C'était Robert. Il avait une tête affreuse, les traits tirés jusqu'aux genoux, du sang coagulé sur le bord du nez et des montagnes de bave séchée aux commissures des lèvres. Il jetait sans cesse des regards inquiets derrière lui, dans la cage d'escalier, comme pour s'assurer qu'il n'avait pas été suivi. Malgré son aspect, ou peut-être précisément à cause de ça, je l'ai invité à entrer ; mais il était trop pressé. Il était seulement monté me dire deux mots parce qu'il était dans le quartier, comme ça... Je lui ai offert une bière ; ça l'a un peu détendu, et il a dit : « *For a beer, then.* »

C'était la première fois que Robert venait chez moi, et il a semblé un peu déçu. Il se tenait tout droit dans un divan du salon, aussi mal à l'aise et déplacé que s'il avait été en visite chez un patron. « *Big T.V., you got there* », il a remarqué, tandis que je lui tendais une bière. « *You mind if I do it here ?* », qu'il a ajouté, en faisant apparaître un sachet de plastique. Alors, pour lui faire plaisir, j'ai sorti un CD de ma discothèque, je l'ai placé dans le lecteur, puis j'ai appuyé sur *Play* et j'ai remis le boîtier à Robert pour qu'il fasse ses lignes dessus. J'avais choisi le troisième album de Led Zeppelin, simplement nommé *III*, et leur *Immigrant Song* se faisait à présent entendre dans mon salon. Je savais que Robert apprécierait : Led Zeppelin, c'est un peu le point de rencontre entre le *metal* et la *artsy music*, comme il disait. Mais au lieu de la reconnaissance et des sourires que j'escomptais, Robert s'est mis à pleurer, tout doucement d'abord, puis de plus en plus bruyamment, avec des reniflements et des sanglots à travers, qui me déchiraient le cœur. J'ai hésité entre laisser la musique ou l'arrêter, prononcer quelques paroles rassurantes ou bien me taire, poser ma main sur son épaule en signe d'amitié ou m'en garder pour ne pas l'humilier davantage. Mais, finalement, il s'est repris tout seul et s'est levé pour aller se moucher. Après, il est revenu au salon faire deux lignes très rapidement et m'en a offert autant, que je n'ai pas su refuser.

Juste comme je me penchais sur la petite table du salon et que Robert sortait de mon champ de vision, il a dit : « *Did you know my old man used to listen to that record ?* » Je n'ai pas cherché à lui répondre. Je suis seulement resté penché comme ça sur la petite table du salon, au-dessus des figures plus ou moins psychédéliques illustrant le troisième album de Led Zeppelin, une main sur la narine gauche et l'autre retenant une petite paille dans les airs...

— *Of course you didn't*, a continué Robert. *How could you ?... Well, when I was a kid, I used to play with it... the cover, I mean.* C'était le temps des gros trente-trois tours en vinyle pis dans ce *cover*-là, il y avait comme une roue qu'on pouvait faire tourner. Il y avait des dessins dessus et par les trous découpés sur le *cover*, on voyait des nouvelles formes apparaître à cause de la roue en dessous... On pouvait changer le *cover* comme on voulait, de même, rien qu'en tournant la roue... À c't'heure, on peut pu faire ça, avec les *CDs* pis toute... On peut pu pantoute. *Never could stand those, my old man... Turntables or nothing, he used to say. Anyways... One time he told me I was conceived on* Since I've Been Loving You. *You know, that beautiful blues song ?* Je sais pas si c'est vrai ou si c'est pas vrai. Peut-être qu'il disait ça juste pour me faire plaisir, pour raconter quelque chose de beau. C'est quand même mieux qu'un *one-night stand* qui aurait mal viré, une histoire de cul *in the back of an old GMC truck or something... But the way I figured it, it could as well never have occurred — the whole "in and out" thing, I mean — listening to that beautiful, sad, sad song or not...*

Puis, Robert a changé de sujet :

– Je suis allé voir Cindy l'autre soir et y a rien à faire, Vincent. *Even if she does want to sleep with me from time to time, she doesn't really want me, I can tell. So what good can it be, huh ? I'm asking you...* Qu'est-ce que je devrais faire ? Qu'est-ce que je *peux* faire ? Travailler, câlisse ? Continuer à vivre normalement, sans elle ni personne, comme si de rien n'était ? Comme si ça pourrait encore compter ? Comme si y aurait une solution ou quelque chose ? *Huh* ? Attendre de crever ben tranquille dans mon lit comme si ça pourrait encore changer de quoi ? C'est pas à mon âge que je vais...

Et tout ça me paraissait tellement triste et si indiscutable que j'ai failli laisser mes lignes là, sur ce ridicule petit boîtier psychédélique. Mais je ne l'ai pas fait. J'ai fait ce qui était attendu de moi, et ensuite j'ai regardé Robert doucement, et j'ai dit, très, très lentement, et tout bas :

– *You know everything's going to be all right, now, don't you, Rob ?*

Et je ne sais pas pourquoi je lui ai parlé en anglais, et je ne sais surtout pas ce que j'espérais quand je lui ai proposé de partir avec lui à la recherche de son père. Pourquoi je voulais aller partout où il avait été, dans toutes les usines, pourvoiries du Québec et même dans l'Amérique tout entière, s'il le fallait.

– *Who knows ?* j'ai encore ajouté. Peut-être même qu'on va rencontrer une *sweet little Lady Thompson on the way...*

Mais ce n'était pas suffisant, c'était même loin d'être suffisant, comme le sourire raté de Robert me l'indiquait assez cruellement.

Quelques minutes plus tard, la chanson *Hats Off to (Roy) Harper* a joué, et Robert a fini sa bière. Avant de partir, il a encore dit que c'était *very kind of me*, et puis que j'étais *probably the nicest goddam frenchman he ever met, and that he knew from the very first time I was, because of that look in my eyes, like an eternal kid's or something.* Et aussi que j'étais probablement *just too young for that world,* et bien d'autres choses encore, mais il devait partir, là.

— *Better be on my way...* il a conclu. J'en ai déjà trop dit, pis de toute façon, il est tard pis toute. Y a du monde qui m'attendent. On se reverra bientôt, *Vince*, peut-être ben autour de Noël, si t'as rien? En tout cas... Bye, là. Pis *thanks for the beer...*

Et il est reparti comme ça dans la nuit, lançant mille nouveaux coups d'œil par-dessus son épaule, comme si quelqu'un le suivait ou, plutôt, comme s'il avait peur d'oublier quelqu'un ou quelque chose derrière lui, peur de laisser une image ou une parole se perdre pour lui, là, dans l'ombre, dans la cage de mon escalier.

Le premier homme

Le père ne se gêne jamais pour dire le fond de sa pensée. À l'épicerie, dans les magasins, les fils doivent souvent le retenir s'ils ne veulent pas le voir s'engueuler avec une caissière, un patron ou même un client ; se plaindre du mauvais service ou de la fausse publicité, n'importe quoi. Dans ces moments-là, les gens s'arrêtent pour les regarder, eux, les fils, avec ce père si épris de justice qu'il n'hésite pas à la réclamer, ici et maintenant, à tout propos.

Il faut dire que le père est issu d'une autre génération, une génération élevée par des pères, justement, et affranchie à ses propres frais au cours des années 1960. Une génération un peu parvenue, sans doute, et d'autant plus sûre de ses droits qu'ils ne lui étaient pas acquis. Une génération dont les dieux s'appelaient Herbert Marcuse et Albert Camus, une génération exubérante, prolixe et contradictoire.

Et, un jour, le père apprend qu'il est malade. Ce jour-là, c'est à son fils aîné qu'il téléphone, c'est à lui qu'il annonce la nouvelle en premier — comme pour l'habituer à jouer un nouveau rôle, désormais, un rôle qu'il a tenu jusque-là, et qui consiste surtout à catalyser cette espèce de « tendre indifférence du monde » dont parle un des personnages de Camus, juste avant de mourir.

Et les mois passent, et le père disparaît peu à peu. Atteint d'un cancer de la moelle osseuse, il perd des tas de kilogrammes et même quelques centimètres ; ses os se soudent les uns aux autres et, à un moment, il est même obligé de porter un corset pour soutenir ses côtes brisées. Lui, le père, dort maintenant tout le jour et reste éveillé la nuit, à cause des médicaments et de la douleur. Craintif, à présent, apeuré comme un enfant ou un vieillard, il n'est plus du tout l'homme que les fils ont connu quand ils étaient petits et qui les impressionnait tant : il ralentit en voiture, demande qu'on ralentisse quand on le conduit, scrute son assiette et les journaux à la recherche de maladies nouvelles, plus infectieuses, plus audacieuses et plus perverses que celles qu'on connaît déjà et qui pourtant semblent bien suffisantes, à le regarder maigrir. Peureux, le père, effrayé et inquiet jusqu'à la moelle pour ses fils, pour leurs enfants à eux et pour tous les enfants du monde, ces petits êtres malingres qui resteront après lui et qui n'ont rien fait pour mériter ce sale coup de naître.

Et puis il est mort comme ça, le père, un jour de décembre, les yeux ouverts. Le premier homme, *un roman qu'Albert Camus n'a pas eu le temps de terminer, traînait sur sa table de nuit.*

31

APRÈS LA SAISON

Puis, Robert est réapparu à Ulverton. Il m'a appelé pour me l'annoncer. Il m'a dit :

– Chu là, là. J'étais parti à la chasse. *In the wild.*

J'ai dit :

– O.K., exactement comme s'il n'était jamais venu chez moi et que je ne l'avais jamais vu pleurer.

J'ai offert de passer le voir, mais il ne voulait pas : il m'appelait juste pour me dire qu'il était là, mais il était malade, ou bien il couvait quelque chose, ce n'était pas clair. J'y suis quand même allé et, chez lui, j'ai découvert un Robert qui parlait tout seul, à voix haute. Il avait les mains sales, très sales, et le visage aussi. J'ai jeté un coup d'œil au mur de l'entrée pour vérifier si la carabine y était toujours, et Robert a surpris mon regard :

– Ben oui, elle est là ! il a crié. Qu'est-ce que tu veux que je fasse d'une 22, eh ? Que je tire mes *goddam barking dogs ? Or would you rather care that I kill myself? Or even you ? Is this what you're afraid of, Vincent ? Huh ? You tell me... Mister Niceguy, mister always so fucking nice and wise and conceited* Vin-ceon...

C'était la première fois qu'il se moquait de moi, et je n'aimais pas du tout l'accent qu'il prenait en prononçant mon nom. J'ai donc dit que j'étais seulement venu prendre des nouvelles, mais que, s'il n'avait rien à me dire, il pouvait aussi bien pourrir dans sa crasse, ce n'était certainement pas moi qui allais...

Mais il ne m'écoutait pas du tout. Il s'était tout de suite désintéressé de moi, de ce qu'il me racontait, et s'était dirigé vers l'extérieur, où il marchait compulsivement en faisant de grands gestes et en parlant tout seul. Il avait l'air d'entretenir une vraie conversation avec quelqu'un ou quelque chose qui aurait vécu sur son épaule, une créature familière et même intime, très proche de lui. En tout cas, c'était une conversation animée, tout en anglais, où il était question de pièges, de prisons et d'animaux sauvages. Il s'exprimait très fort et parfois même s'emportait et menaçait le vide avec son poing. Puis, il éclatait de rire et se remettait à lancer de petits regards méfiants de tous les côtés, comme je l'avais vu faire à Saint-Étienne-de-Bolton et chez moi, dans la cage d'escalier.

Je suis encore resté un moment à le regarder depuis la cuisine et à me demander ce qui adviendrait de lui, puis j'ai décidé de partir. Juste comme je tournais les talons, il m'a dit de faire attention, sur la route.

— *You know we're only just waiting for something to happen, Vincent. You know that, don't you? But things don't just happen like that, and sometimes they're bad and I know you can't tell good from wrong – you being such a spoiled kid and all – so just take care, now... And don't you worry about me. I'll be fine...*

Puis, il a regardé au loin vers la forêt et tout le reste – moi, les chiens, la plaine, toute la maudite région – s'est évanoui pour lui. Il s'est remis à parler, dans sa langue, à ce vieil ami perché sur son épaule et, en mettant la clé dans le démarreur, j'ai pensé qu'il allait peut-être déménager dans la forêt, partir y habiter comme il rêvait de le faire quand il était petit, sans maison ni rien, y traîner ses manies et ses pensées et toute sa sainte carcasse, et puis enfin j'ai pensé que je ne le reverrais probablement plus de ma vie.

32

LA TÊTE QUE J'AURAIS

Depuis quelques semaines, je n'arrêtais pas de penser à Evelyn. J'y pensais à tous les jours ; je pensais à ce que ma vie avait été avec elle, à ce que je sentais quand je m'étendais près de son corps et qu'elle me parlait calmement de la vie à venir ou qu'elle me demandait de la serrer le plus fort que je pouvais. Et j'avais encore envie de la serrer. Et, surtout, je me disais que j'aurais pu la serrer plus fort, l'aimer mieux, quand c'était encore possible. Si bien qu'un jour je me suis décidé et je suis allé la voir.

Il était environ deux heures de l'après-midi et j'avais pris une douche en chantant *Where Is my Mind*. J'avais avalé un café sur l'air de *Dig for Fire* et marché dans la rue sur celui de *Here Comes Your Man*, et tout ça avait un sens, je n'étais pas qu'un assemblage de membres et d'organes plus ou moins épars et disparates, le jeu de sentiments confus destinés à périr dans l'apathie.

Avant de sonner à sa porte, j'ai fait le tour du bloc pour voir s'il y avait une voiture que je ne connaissais pas ou des lumières allumées dans sa chambre. Je savais que c'était con, qu'elle avait bien le droit de faire ce qu'elle voulait, mais j'aurais eu du mal à supporter qu'elle ne soit pas seule. Je croyais encore au mensonge que je lui avais raconté, ou bien ce n'était pas un mensonge. Ça me faisait peut-être réellement quelque chose, en tout cas il me semblait bien que j'avais mal pour vrai. Et j'étais rempli de bonnes intentions, rempli d'espoir, même, bourré de visions idéales et vaguement idiotes de nous deux, ensemble, probablement pas pour toujours, mais tendant néanmoins vers ça, vers cette vie en commun et peut-être même un peu commune, mais qu'est-ce que ça pouvait bien faire, au fond, si on était heureux comme ça? Ce serait un bonheur lent et long que le nôtre, un bonheur discret, qu'on garderait juste pour nous. On ne serait pas comme ces nouveaux couples qui vous cassent les oreilles avec leur prétendu amour exceptionnel, «fusionnel» et bien au-delà de tout ce que vous avez pu vivre, vous, en matière de bonheur et d'amour, dans votre lamentable existence. On n'en parlerait pas tout le temps, de notre amour et de notre bonheur; on en serait même un peu jaloux et on ne voudrait l'exposer ni au jugement de nos proches ni à la convoitise du monde, et puis on ne ressentirait pas le besoin d'en convaincre quiconque non plus, alors on ne perdrait pas de temps à en parler et on le vivrait, c'est tout.

Mais Evelyn, qui m'avait laissé entrer et qui m'avait même offert un thé (à moi qui pourtant n'en buvais jamais), n'était pas de cet avis. Elle avait des réticences,

Evelyn, des hésitations, quelques bons et honnêtes doutes, et de bien fiables prémonitions quant à ma bonne foi et à mes résolutions. Elle pressentait des complications, des changements de cap à venir, mon Evelyn ; elle appréhendait des motifs cachés à ma soudaine et non moins surprenante assurance :

– Tu dis ça parce que t'es bandé. Mais c'est rien que le méchant qui veut sortir, Vincent. Tu t'es saoulé hier, pis là le méchant veut sortir, c'est tout. Je te connais, sitôt que tu m'auras baisée tu vas changer d'idée, recommencer à nuancer, à mettre en perspective...

– Alors, c'est oui ? j'ai demandé.

– C'est oui quoi ?

– Tu veux baiser ?

– Câlisse que t'es con.

– C'est oui ou c'est non ?

C'était non.

– Tu sais que tu viens me voir parce que ça va mal, Vincent ? Que tu fais tout ça seulement par compensation ? Dis-moi que tu le sais, que t'en as conscience, au moins...

Mais c'était justement cette conscience que je tentais de faire taire, de mon propre jugement que j'essayais de me défaire.

– C'est juste que ça me déprime, j'ai répondu. Quand t'es pas là, je suis chez moi dans le salon et je regarde le vide ou bien j'imagine ma saleté de tête de drogué dans le mur derrière moi, ma cervelle et tout ce qu'il y a là-dedans gicler sur mon divan et mes idées qui s'échappent de mon crâne et qui coulent en petits glouglous rouges et continus sur moi, sur les meubles et sur le plancher... Mes petites idées noires qui souillent tout de leur infecte nature.

— Et tu voudrais que je dise oui, Vincent, tout va bien, on va vivre ensemble et ça sera ça ? C'est ça que tu veux ?

— ...

— Fais quelque chose, là. Parce que moi, je peux rien pour toi. C'est trop. Je t'en ai déjà donné des chances, des tas de chances, en fait, et qu'est-ce que t'en as fait, han ? Te souviens-tu, de ce que t'en as fait ? Tu veux peut-être que je te le rappelle ?

— Non, ça va être correct.

— Essaye donc de mener un travail à terme, là. T'as rédigé tout un mémoire de maîtrise, tu dois bien être capable de finir autre chose. Je sais pas, moi, construis une bébelle, inscris-toi dans un parti politique ou quelque chose. N'importe quoi. Écris un livre ou termine ta thèse. Et arrête, avec ton enfance, O.K. ? Elle est pas si spéciale que ça, ton enfance, pis on a tous un peu mal quelque part.

— C'est tout ? que j'ai demandé, au bord des larmes.

— Non, c'est pas tout. Ou bien, oui. Je sais pas. C'est toi qui le sais, Vincent, pas moi. Va falloir que t'arrêtes de venir me voir, là, je suis pas ta mère. Et je suis même plus ta blonde.

— Non ? j'ai dit.

— Non.

— Plus jamais ?

— Je suis tannée, Vincent. Tannée d'attendre que ça aille mieux, tannée de me dire que t'es fin *quand tu veux*, tannée d'entendre tes explications et je suis même tannée de m'expliquer, moi. La corde s'est cassée, et ça ne reviendra plus. Je ne veux plus jouer ce rôle-là, être la blonde plate et terre-à-terre, bien en phase avec le plancher des vaches, pendant que mon chum se prend pour je ne sais pas quel cave, qui va mourir à trente-quatre ans d'un arrêt cardiaque dans un bar de danseuses topless.

— J'ai même pas trente et un ans…

— Je m'en crisse, Vincent. Trente et un, trente-quatre ou soixante-dix-neuf, c'est pareil.

— …

— Ah, pis trouve-toi donc un vrai travail, là. Ou voyage. Sors de Sherbrooke, ça va te faire du bien. Et pense à l'avenir, un peu. Mais pas à l'avenir comme dans cinquante ans, là. Le mois prochain. Fais des plans, je veux dire : fais *un* plan, et suis-le jusqu'au bout. Et relis-toi, après, pour voir si ça se tient…

33

DES FÊTES SANS NEIGE

Après, je suis allé chez Robert. Je n'y croyais plus trop, mais j'avais envie de savoir comment il s'en sortait.

«L'ancien chemin» était encore praticable – enfin, manière de parler. Il n'y avait pas encore de neige – en tout cas, pas assez pour que ça s'accumule sur les terres –, et toute la région était triste à mourir, grise et dure et presque déserte. Ce décor me faisait penser à la journée où mon père était mort : à peu près à ce moment de l'année, avec un temps semblable. Sauf que mon père, lui, était mort dans un hôpital au bout d'une autoroute que je n'emprunterais plus jamais. Quant à Robert, je l'ai trouvé assis sur son divan, la tête projetée sur le mur derrière lui, la 22 à ses pieds.

Après les funérailles de mon père, mon frère et moi, on avait été invités à se joindre au reste de la famille, dans un restaurant de Montréal, la ville où le défunt était né. C'était un restaurant végétarien, et ça me semblait vraiment ironique de souligner son «départ» dans un endroit où on ne servait pas de viande, lui qui s'était toujours moqué des végétariens, en grand carnassier devant l'Éternel qu'il était.

Quoi qu'il en soit, il y avait là des oncles et des tantes que je n'avais pas vus depuis ma petite enfance ; des gens qui avaient travaillé avec mon père et que je n'avais jamais rencontrés de ma vie ; des tas de gens qui nous offraient leurs « sympathies » en pleurant, à mon frère et à moi. Les nouveaux enfants, eux – les enfants de la seconde union –, étaient sagement assis à côté de leur mère qui s'épanchait en anecdotes plus ou moins intéressantes et appropriées à propos du défunt, de « l'amour de la vie » qu'il avait toujours manifesté, de sa fierté pour ses enfants et de sa vie en général.

C'est en prêtant l'oreille à ses jérémiades que j'ai appris que mon père l'avait connue et peut-être même aimée avant ma naissance. Ce n'était pas une grande nouvelle, à peine une raison de m'en aller sans payer mon pâté au millet.

34

UN PEU DE PAIX

J'ai laissé passé quelques jours et au Nouvel An, je suis retourné chez Robert. Il était tombé une bordée de neige, et le soleil brillait dessus. C'était presque beau. Paisible, en tout cas. La petite maison toute croche sous la neige... Même la cour à *scrap* était ensevelie, et quelqu'un avait fait disparaître les chiens. Seules les traces que mon auto avait laissées dans la cour trahissaient une présence. C'était vraiment tranquille et, pendant une seconde, j'ai eu envie de rester, de prendre le relais, en quelque sorte, de retaper la maison comme Robert avait eu l'intention de le faire. Ramasser ce qui traînait et mettre de l'ordre là-dedans, dans l'attente d'une petite femme qui accepte de venir vivre avec moi, se faire dorloter et aimer dans le silence. Puis, je me suis dit que ça ne serait pas possible, que ce n'était pas moi et j'ai eu le goût de mettre le feu. De tout brûler, qu'il ne reste rien de cet endroit, ni de la forêt, ni de rien. Mais j'étais encore en train de me raconter des histoires, alors je suis remonté dans mon auto et je suis parti.

Il y a maintenant presque un mois que je n'ai pas remis les pieds à l'université. Mes étudiants doivent s'en faire pour leur avenir, réclamer des examens, des notes, tout ça. Je suis à peu près certain qu'à l'heure actuelle, ma boîte de réception déborde de courriels semi-haineux, fièrement signés par de jeunes adultes en mal d'évaluation. Je pourrais sans doute écrire au Département pour qu'on leur donne tous des A+ en Histoire littéraire de la France, et des E en humanité. Mais je ne le ferai pas – que tout ce monde se démerde sans repère ni label, c'est peut-être ce qui peut lui arriver de mieux.

J'ai fait débrancher le téléphone. Des gens sont venus chez moi; ils ne sont pas restés longtemps. Je ne leur ai pas répondu, j'étais occupé, je cherchais les derniers mots de cette histoire. Et si je ne suis pas certain de considérer jamais cette vie comme autre chose qu'une désertion, si je me demande encore comment je ferai pour élaborer des plans et les respecter, pour me résigner à ces rythmes et à ces calendriers, j'ai quand même choisi de suivre le conseil d'Evelyn et de partir, recommencer ailleurs ce que je n'ai pu finir ici. Et je sais que, comme une sentinelle en campagne, il m'arrivera encore de lever la tête et d'écouter le vide, de regarder droit dans le soleil jusqu'à ce que des larmes montent à mes yeux, et même de parler doucement la langue de mon enfance à des êtres qui n'existent plus, mais j'ai décidé d'écrire une autre histoire, maintenant, sans encre ni clavier. Une histoire dans laquelle je m'ouvre enfin à la «tendre indifférence du monde», et où je n'essaie plus de sauver les gens d'eux-mêmes, ni de me garder, moi, contre quoi que ce soit. Une histoire où je ne suis peut-être pas un héros de légende, mais où je dis *Je* quand il est question de moi et où les trous et les blancs n'indiquent ni des oublis ni des épisodes supprimés, seulement des silences et du temps qui passe.

Et peut-être, aussi, un peu de paix.

Bibliographie

Guillaume Apollinaire, *Alcools*, Paris, Éditions Gallimard, coll. « Poésie », 1997 (1920).

Charles Baudelaire, *Les fleurs du mal*, Paris, Éditions Gallimard, coll. « Poésie », 1973.

Benjamin Constant, *Adolphe*, Paris, Éditions Gallimard, coll. « Folio plus classiques », 2007 (2006).

Théophile Gautier, *Mademoiselle de Maupin*, Paris, Garnier-Flammarion, coll. « GF », 2012 (1966).

Jean-Jacques Rousseau, *Les confessions*, Paris, Éditions Gallimard, coll. « Folio classique », 1973.

Maurice Sachs, *Alias*, Paris, Éditions Gallimard, coll. « *L'Imaginaire* », 2006 (1962, 1935).

Maurice Sachs, *Au temps du Bœuf sur le toit*, Paris, Grasset & Fasquelle, coll. « Les Cahiers rouges », 1987 (1939).

Table des matières

La Mèche

BIENVENU, Sophie
Et au pire, on se mariera, 2011

McCOMBER, Éric
La Solde, 2011

Collection Les doigts ont soif

BOULERICE, Simon
Martine à la plage, 2012

L'Ouvroir

LAVERDURE, Bertrand – SAMSON, Pierre
Lettres crues, 2012

Jean-Philippe Martel

Jean-Philippe Martel est né le 31 décembre 1976. Il détient un doctorat en études françaises de l'Université de Sherbrooke, où il enseigne la littérature depuis 2003. Spécialiste du roman français au XXe siècle, il s'intéresse plus particulièrement aux œuvres de Louis-Ferdinand Céline et de Paul Morand, et à celles des jeunes écrivains atypiques des années 1950, réunis sous l'appellation de « Hussards ». Il dirige le blogue *Littéraires après tout*, qu'il a fondé en octobre 2010. *Comme des sentinelle*s est son premier roman.

Conception graphique :
Mathieu Lavoie

Révision :
Julie-Jeanne Roy

Imprimé au Québec en août 2012
par l'imprimerie Gauvin

Dépôt légal, 3e trimestre 2012
Bibliothèque nationale du Québec

RECYCLÉ
Papier fait à partir
de matériaux recyclés
FSC® C100212